AF376697

LE
DÉSŒUVRÉ,
OU
L'ESPION
DU BOULEVARD DU TEMPLE.

LE DÉSŒUVRÉ,

OU

L'ESPION

DU BOULEVARD

DU TEMPLE.

Grande locuturi nebulas helicone legunto.....
non equidem hoc studeo, bullatis ut mihi
nugis pagina turgescat, dare Pondus idonea
fumo. Secreti loquimur.

PERSE.

A LONDRES.

M. DCC. LXXXII.

LE DÉSŒUVRÉ,

OU

L'ESPION

DU BOULEVARD DU TEMPLE.

INTRODUCTION.

J'AI toujours entendu dire qu'il falloit prendre son plaisir où on le trouvait; le mien, de tout tems, à été de me mêler des affaires des autres, de les publier même au risque de leur être prejudiciable. Vous allez dire avec *Théophraste*, que ce caractere est odieux, que je suis un être détestable, fait pour être fui & rayé de la société. Soit, rayez-m'en; j'en aurai plus de loisir pour dire de vous tout le mal que je saurai. Mais vous ne pourrez pas

A

vous donner cette satisfaction ; car je me garderai bien de me faire connaître. Je sais encore *qu'un écrit clandestin n'est pas d'un honnête homme*, que *Gresset* l'a dit, qu'on l'a répété un million de fois après lui ; mais je suis du régiment d'*Anjou*, & vous savez le cas que ces lurons-là font des remontrances. Ainsi donc votre plus court parti est de ne point chercher à déchirer la gaze qui me couvre, de vous amuser de mon bavardage qui, je suis assuré, vous causera plus d'une insomnie. La satyre porte naturellement avec elle un certain charme qui invite toujours à l'écouter ; même sans qu'on s'en apperçoive, on se familiarise à l'entendre, & on finit par la trouver un aliment nécessaire à la gaieté, le plus précieux beaume de la vie.

C'est moi qui ai fourni à *Mercier* les traits les plus saillans qu'il a répandus dans son *An deux mille quatre cent quarante*, les réflexions les plus piquantes qui lui ont servi à composer sa nouvelle brochure, intitulée *le Tableau de Paris* ; j'ai travaillé pendant six années consécutives *aux Mémoires secrets* qui viennent d'être interrompus depuis la mort tragique de *Mairobert*. Ce sont, pour ne vous point en imposer, les articles que j'avais rassemblés pour ce travail qui me restent, & qui vont pa-

raître dans ce petit ouvrage ; mais les anecdotes que je vous donne aujourd'hui ne s'éten-
dent guere que depuis la rue de *l'Aneri* jufqu'au *Pont-aux-Choux* ; c'eft dans cet efpace
qu'elles ont pris naiffance, c'eft dans ces lieux
qu'elles doivent être chantées.

CHAPITRE PREMIER.

De moi.

COMME je demeure fur le Boulevard du
Temple, perfonne n'eft plus que moi à la portée de favoir ce qui fe paffe. D'ailleurs je fuis
connu de tous les hiftrions qui le compofent,
je fuis même affez bien avec les actrices, & quelques-unes ont été affez complaifantes pour avoir
des bontés pour moi ; ces beautés m'ont, à la
vérité, porté quelquefois des bras de la volupté
dans le laboratoire d'*Efculape* ; mais toujours
indocile, la quarantaine paffée, le plaifir d'une
heure me faifant oublier fix femaines de régime :
ce qu'il y a de plaifant pour ceux des acteurs
des Boulevards qui me liront, c'eft qu'ils ne
pourront, je les en défie, me reconnaître, &
qu'ils me connaiffent beaucoup. Je puis même
encore leur faire mon portrait, fans rifquer
d'être découvert. Ma taille eft ordinaire, ma

tournure entre la noble & la bourgeoife, mes manieres aifées, mes jambes un peu arquées, mon regard vif quoiqu'avec de petits yeux ombragés d'un fourcil très-épais, le fourire toujours fur les levres, qui, je puis dire fans vanité, font affez vermeilles : pour les dents, il ne me refte plus que celles de devant, toutes les groffes étant tombées, ce qui me creufe un peu les joues; mais haut en couleur, & avec beaucoup de cheveux crépus, d'un châtain clair, un air martial, & vingt-fix ans. Plufieurs prêtreffes de Vénus m'ont dit que je pouvais encore paffer pour un des bons miniftres de fon temple. Ainfi, mes chers acteurs, actrices & directeurs du rempart de qui je vais m'occuper déformais, quand vous lirez ici une anecdote que vous croirez bien fecrete, parce qu'elle fe fera paffée dans l'intérieur de votre maifon, dans votre furprife, confidérez bien tous ceux qui vous entourent, feuilletez dans votre imagination, je fuis fûr que vous ne me devinerez pas : & quand même dans votre énumération vous me nommeriez, ce ne fera pas fur moi que vous arrêterez vos doutes, j'en fuis certain. Le rôle que je joue dans vos cafés, dans vos fpectacles & fur vos boulevards, eft bien loin d'attirer fur moi la moindre apparence d'auteur de cet ouvrage. Croyez-moi, au lieu de vous cafler la tête, appliquez-moi plutôt ces beaux vers fur Dieu :

> Loin de rien décider fur cet Etre fuprême,
> Gardons, en l'écoutant, un filence profond ;
> Son *fecret* eft fans bornes, & l'efprit s'y confond ;
> Pour favoir ce qu'il eft, il faut être lui-même.

CHAPITRE II.

J'entre en matiere.

MON dîné fini, j'arrive aux boulevards : fi le tems eft beau, quel coup-d'œil agréable ! Deux triples rangées de chaifes occupées par autant de *Vénus* que d'*Adonis* : que de bons mots dits, rendus de fines agaflèries ! quelle ample matiere à anecdotes nouvelles à donner au public ! car le neuf plaît aujourd'hui, c'eft le feul appas qui nous attire. Les femmes ne le favent que trop. Sans ce goût qu'elles nous connaiflent, prendraient-elles, pour le plaifir de nous plaire, la peine de fe parer & de fe peindre, ou de tâcher chaque jour d'offrir à nos yeux auffi blafés que nos tempéramens, une nouvelle coëffure qui les réveille, & toujours plus voluptueufe que la précédente ? L'hériffon leur donnait un air boudeur, & vîte la coëffure à l'enfant ; celle-ci plus féduifante appelle le plaifir que l'autre repouffait, & elles y trouvent mieux leur compte, beaucoup mieux encore qu'avec celle où on les voyait couvertes de panaches énormes, qu'elles ont quitté, dit-on, parce qu'un jour un mauvais plaisant s'avisa de dire qu'elles portaiént les plumes des dindons qu'elles avaient plumés ; il y en avait qui ne se fâchaient pas de ce sarcasme, vu que beaucoup de diamans & un brillant équipage les en dédommageaient : mais celles qui s'en retournaient sans *Chevalier*, malgré tout leur étalage, trouvaient cette épigramme détestable, quoiqu'elle n'accomplit point la plaisanterie de notre satyrique. Enfin, c'est une grande satisfaction que de voir toutes ces belles passer çà & là, vous clignoter d'un œil assassin, une autre vous faire remarquer, en affectant de rire, une petite bouche qu'elle pince en retirant ses joues ; une autre serrant de ses deux mains son mantelet pour montrer l'élégance de sa taille ; celle-ci dans sa voiture, un élégant à sa portiere, qui tout en ricanant lui déclare le feu qu'elle a su lui inspirer, tandis que par-dessus sa tête parfumée de l'odeur la plus forte, & accompagnée de plusieurs boucles flottantes, elle fait des signes à d'autres qui passent devant elle. Quel agréable tableau ! ô Athenes, tu crois ne plus exister, & l'on te retrouve chaque jour sur nos boulevards !

CHAPITRE III.

Le café Turc.

APRÈS avoir joui quelques inftans de cette bigarrure, j'entre au café Turc, là je caufe un moment avec la limonnadiere, fi elle eft feule ; car prefque toute la journée on la trouve jafant avec un certain officier ruiné, couvert d'un méchant habit noir, mais la dragonne à l'épée, la cocarde au chapeau ; enfin un efpece de croc qui, je penfe, a l'air de lui faire les yeux doux pour lui foutirer quelques écus. Ce qu'il y a de certain, c'eft qu'on m'a affuré que cette femme, quoique vieille & fanée, avoit encore le ridicule amour-propre de vouloir plaire. Si, comme on le dit, cette femme a cédé fa boutique à *Larrillat*, fon premier garçon, & qu'elle n'occupe ce comptoir que jufqu'au moment que ce garçon fe fera marié, qu'il fe marie donc vîte, car fes intérêts font trop en danger entre les mains de cette vieille coquette qui, à coup fûr, le vole pour payer la complaifance de fon adorateur. J'en fuis d'autant plus fâché, qu'on dit mille bien de *Larrillat*. Mais revenons à ce café, le plus joli du Boulevard, ou la bonne compagnie ne rougit point d'entrer, & le seul où l'on puisse mener une femme honnête. Tout ce qu'on y sert y est delicieux. Les glaces sur-tout ne peuvent se comparer qu'à celles du Palais-Royal : aussi m'en vend-il souvent. Je vous avouerai même, mon cher lecteur, que je trouvai si bonne la derniere que je pris ici, que je ne pus résister au desir de faire des vers à sa louange. Des vers sur une glace, me direz-vous? cela est extravagant. Et pourquoi? *Sedaine* en a bien fait sur son *habit*, *Dorat* sur des *tettons*, le *Chevalier de Cubieres* sur *l'oreille de sa maitresse*, *Grécourt* sur *la ch. P.*, *Taconnet* sur son *c..*, un de mes amis, nommé *Nougaret*, sur son *v...* &c. &c. &c. Pourquoi n'en serai-je pas sur ma glace? D'ailleurs les miens ne s'écartent point des bornes de la décence, comme ceux des impies dont je viens de parler, & qui brûleront en enfer comme un gigot à la broche. Faisons donc des vers à ma glace, & moquons-nous du qu'en dira-t-on. Je ne suis point Poëte, je m'amuse.

Vers à ma glace.

Douce liqueur, glace adorable,
Emule du nectar des Dieux,
Si ma bouche te baise, un charme délectable
Me fait douter, en ce moment heureux,

Si j'habite la terre, ou fi je regne aux cieux !
Iris, & toi, dans le fond de mon ame
Portez la pure volupté ;
Chacune de vous deux m'enflame,
Et paraît à mes yeux une divinité.
Mais tu ne charmes que ma bouche
Par ton exceffive fraîcheur,
Et quand celle d'*Iris* je touche
Je fens une chaleur
Que ce baifer conduit jufqu'à mon cœur.

CHAPITRE IV.

Les babillards.

On pourrait adopter à ce café le *mifcuit utile dulci* d'Horace ; car on y trouve l'utile & l'agréable. Aimez vous à penfer ? deux jardins charmans vous offrent le moyen de promener vos rêveries ; le jeu vous amufe-t-il ? vous trouvez vingt endroits à vous arrêter pour repaître vos yeux du plaifir de voir jouer *au tonneau, à la toupie, aux dames, aux échecs, au trifte domino :* la converfation a-t-elle pour vous quelques charmes ? prenez place auprès de ces vieux rentiers, en perruques, habits boutonnés, & cannes à corbins ; ils vous apprendront les nouvelles politiques & fcandaleufes, les hiftoires des trois fpectacles des Boule-

vards : c'eſt en partie à eux que je dois la plupart des anecdotes dont j'ai fait uſage dans
cette brochure. Je me trouvai un jour à côté
d'un homme de barreau, qui en me parlant de
l'Intendant de Montauban, me fit lecture d'un
mémoire qui lui fut préſenté par une de ſes
innocentes ouailles, & dont la tournure origi-
nale amuſera ſûrement le lecteur. Au reſte,
s'il s'en ennuie, tant pis pour lui ; moi, il
m'a diverti, & quand je prends du plaiſir, je
veux que tout le monde en prenne.

A Monſieur l'Intendant de la ſouveraine finance
de Montauban.

„ MONSEIGNEUR. La Demoiſelle Nops, ha-
„ bitante de Ville-Franche, prend, avec ſon
„ reſpect ordinaire, la gracieûſe liberté de re-
„ préſenter très-humblement à votre grandeur,
„ qu'à peine s'eſt-elle vue en état de jouir
„ de ſes droits de nature, à cauſe de l'abſen-
„ ce par décès de ſes Pere & Mere, dont Dieu
„ veuille intercepter les ames, que les prud'hom-
„ mes de Ville-Franche s'étant corporellement
„ aſſemblés pour procéder à la répartition ca-
„ thégorique des impoſitions Royales de la
„ Communauté, ils ont inhumainement com-
„ pris dans leurs rôles la ſuppliante pour la
„ ſomme de 57 livres 3 ſols qu'elle ne peut

,, abfolument fupporter, vu le peu de rapport
,, actuel de fon petit bien, qui décline même
,, tous les jours par la perte de plufieurs bê-
,, tes à cornes qu'elle prenait foin d'entretenir
,, pour fon labour particulier, & par d'autres
,, facheux évenemens qu'elle prend la très-
,, refpectueufe licence de numérer très-fuccinc-
,, tement à votre grandeur, comme elle l'a fait
,, par les précédentes plaintes qu'ells s'eft pro-
,, curé l'honneur de lui préfenter, & qui ont
,, eu l'inconvénient de fe confondre, à ce qui
,, lui a été rapporté, dans la foule d'une in-
,, finité de papiers dont votre grandeur fe trou-
,, ve journellement oppreffée.

,, En premier lieu, les grands - chemins ont
,, eu le malheur de lui emporter une partie de
,, fes domaines.

,, 2°. Tout ce qui eft refté, fans exception,
,, fut grêlé à platte couture, fans aucun égard
,, pour les champs & les vignes, qui en ont été
,, fort incommodés.

,, 3°. Les récoltes ont été fi chétives pen-
,, dant les dernieres années, que les épis dé-
,, nués de grains, ou ne rapportant que du char-
,, bonnet, n'ont produit, à proprement parler,
,, que de la paille, dont la Demoifelle fuplian-
,, te a bien de la peine à fubfifter.

,, 4°. La cheminée de la maifon fut incendiée

„ il y a quelque tems par le feu , ce qui lui pro-
„ cure un dérangement notable , & Mgr. com-
„ prend bien d'ailleurs la situation perplexe
„ d'une Demoiselle qui , sentant sa cheminée
„ en feu , ne peut recourir qu'à des voisins
„ vieux & infirmes , qui n'apportent dans ces
„ accidens que des secours presque toujours trop
„ lents.

„ La Demoiselle suppliante peut bien citer
„ encore des procès d'une injustice de la plus
„ grande iniquité , qu'elle a eue à soutenir
„ contre son propre beau-frere , que le sang
„ n'a pas empêché de la pouiler avec la plus
„ grande vigueur , jusqu'à ce qu'il l'ait épui-
„ sée , quoique plusieurs des plus forts Avo-
„ cats du Parlement , qui étaient très-bien en-
„ trés dans son affaire , l'eussent assuré que le
„ fond était bon , bien qu'il y eût quelque
„ chose à dire à la forme , qu'elle ne pouvait
„ jamais la perdre.

„ La Demoiselle suppliante ajoute à toutes
„ ces pertes son état de fille , qui se trouve
„ orpheline depuis longues années , sans avoir
„ ni Pere ni Mere , mais seulement une Sœur
„ qu'elle est obligée d'observer comme la pru-
„ nelle de son œil , pour faire taire tous les
„ propos que les méchantes langues font sou-
„ vent parler , afin de détruire la réputation
d'une

,, d'une jeune fille du fexe qui fe trouve en
,, bas âge.

,, Monfeigneur de la Galaifiere, l'un de vos
,, agréables prédéceffeurs, d'excéllente mémoi-
,, re, ne réfifta pas à tout ce que la Demoi-
,, felle fuppliante lui montra pour toucher fon
,, grand cœur ; & après aveir par lui - même
,, bien examiné les pièces, il fit décharger pen-
,, dant trois ans de la furabondance de fes im-
,, pofitions ; mais d'autant qu'il ne ferait pas
,, digne de la bonté de votre grandeur de laif-
,, fer plus long-tems la Demoifelle fuppliante
,, dans un état de fouffrance, qui l'obligerait
,, à laiffer fon bien en friche & expofé à la vo-
,, racité du menu bétail fauvagin, elle ofe ef-
,, pérer de vos graces, Monfeigneur, finon une
,, décharge auffi confidérable que celle dudit
,, Sieur de la Galaifiere, qu'il vous plaira au
,, moins, fur le relevé de fa cotte qui vous
,, fera voir fon état au naturel, la foulager
,, mieux qui vous fera poffible, afin qu'elle
,, puiffe fe reffouvenir paffablement des bénig-
,, nes influences des faveurs que vous trouve-
,, rez bon de répandre fur elle.

,, La Demoifelle fuppliante, de fon côté, ne
,, s'épargnera à aucun mouvement pour vous
,, engager, Monfeigneur, à la couvrir de tems
,, à autre de votre féconde protection, & ne

„ ceſſera de former des vœux pour la conſer-
„ vation des tréſors inépuiſables de votre gran-
„ deur. "

Cet écrit me réjouit aſſez, mais ce babillard
avoit malheureuſement des confreres. Un d'eux
s'appercevant que j'avais écouté juſqu'au bout
ſa lecture du papier que celui-ci remettait à
ſa poche, s'approcha de moi, & après quelques mots vagues, il vint à me demander ce
que je venais d'entendre. Sur ma réponſe, il ſe
déclara homme de lettres, me dit qu'il com-
poſait des vers fort jolis, qu'il en avait même
fait qui pouvaient le diſputer à ceux de Voltaire, mêlant toujours ſon dialogue de pluſieurs citations de ſes productions. Ennuyé de
cet original babillard, je voulus le quitter;
mais il me fut impoſſible de le faire avant d'a-
voir entendu un conte en vers qu'il venait de
finir le matin même. J'eus beau prétexter des
affaires, il fallut en paſſer par-là, ou mon homme, je crois, m'aurait ſuivi chez moi en me
liſant ſon conte. Déteſtables auteurs! quand
donc vous corrigerez-vous de la ſotte manie
d'étourdir ſans ceſſe de vos ennuyeuſes productions ceux qui ont le malheur de ſe trouver avec vous?

Celui-ci du moins ne me cauſa pas autant de
mauvaiſe humeur que je me l'étais imaginé. Son

conte était dans le genre de Grécourt, & ce genre gai & polisson se fait toujours lire avec un certain plaisir. Quand mon homme eut fini, je lui fis mon compliment & marquai le desir que j'avais d'en posséder une copie. A peine avais-je ouvert la bouche que je l'avais déjà dans la main; il en avait fait une cinquantaine de versions pour donner à tous ceux qui en entendraient la lecture, & même à ceux qui ne voudraient point l'entendre. La voici; on la lira si l'on veut.

La Rétention. Conte.

Deux jeunes fils, au cours prenant le frais,
Assis sur l'herbe & devisant ensemble,
Lorgnoient de loin deux sœurs pleines d'attraits,
Qu'ils eussent mieux aimé tenir de près.
   Ami, dit l'un, vois ces sœurs; que t'en semble;
La riche taille & le gentil maintien !
Que sous le lin leur gorge est bien bombée !
Quel meurtre c'est, pour un pauvre chrétien,
Que telle chair soit pour nous prohibée !
Car de penser par *faconde* (1), ou par or,
Pouvoir jouir de ce double trésor,
Scélé de Dieu, ce seroit bien folie.
   Tu connais mal ce genre de nonain,
Dit l'autre ami, je gage soudain.

---

(1) Vieux mot tiré du latin *facundia*, qui signifie *éloquence*.

Que je m'en vais, & par la plus jolie,
Me faire moi foulager des dépôts,
Que cette nuit troubleroient mon repos.

Le couple ami gage triple piftole ;
Tout auffi-tôt le facétieux drôle
Court au devant, contrefait le manchot,
Et dérobant fes poignets fous les manches
De fa chemife, il s'écrie auffi haut
Que le ferait femme de qui les hanches
N'en pouvant plus d'un fardeau de neuf mois,
Sont au moment d'en dépofer le poids.

Il fe tourmente, il s'agite, il tempète
Contre un valet qui lui manque au befoin :
De fes douleurs le beau couple témoin,
Tout près de lui vient, de pitié s'arrête.
Qu'a donc, Monfieur, dit avec action
La fœur Agnès ? Hélas ! mes fœurs, je fouffre
Comme un damné de ma rétention ;
Maudit laquais ! fuffes-tu dans le gouffre.
Mes chers fœurs, que vous voyez comme moi,
Ce que l'on gagne au fervice du roi.
J'avais deux mains qui, dans une bataille,
Ont pris congé des deux bras que voici ;
Mon mal exige à tout moment que j'aille,
Et pour m'aider je n'ai perfonne ici.
Si vous vouliez, d'une main fecourable,
Me dégraffer au-deffous du pourpoint,
Vous rendriez au jour un miférable,
Qui fans cela n'en reviendra point.

Sœur Rofalie, encore un peu novice,
Répugnait fort à rendre ce fervice,

Car il fallait s'y prêter jufqu'au bout.
Quand fœur Agnès de ce fcrupule eut fomme,
La relevant dit , ma fœur , après tout ,
Laifferons-nous mourir ce beau jeune homme ?

Les voilà donc aux *gregnes* (1) du galant ,
Dont le courfier fentant que l'on abaiffe
Le pont-levis , prend l'éffor & s'empreffe
De faire montrer aux fœurs de fon talent.

L'énormité de fa fiere encolure ,
Par nos nonains fut prife pour tumeur ;
Car de penfer que par jeu de nature
Il fe fut mis ainfi de bonne humenr,
Encore moins qu'elles en furent caufe ,
Les cris affreux que le fire jettait ,
Trop fortement diffuadaient la chofe.

Nul filet d'eau cependant ne fortait.
Le porteur donc du dieu qui ne voit goutte ,
Leur dit , mes fœurs, ici jufqu'à demain
Nous refteront , fi l'onde goutte à goutte
N'eft diftillé à l'aide d'une main.
Pour foulager de femblable gravelle ,
Beaux doigts ne font médecine nouvelle.

Ja , le lecteur a deviné l'effet
Qui réfultât de l'agile topique
Que fur le mal la jeune vierge applique.
Le fcélérat allégé , fatisfait
D'avoir gagné fa gageure cynique ,
A nos deux fœurs, qui tombent de leur haut,

____

(1) Ancien mot, en latin *bracca*, & qu'on exprimait
autrefois par *haut-de-chauffes*.

Monte auffi-tôt une double main blanche,
Qui propofait de leur donner revanche.

Le couple faint fe fignant comme il faut,
Gagnoit en courant fa clauftrale taniere,
Bien affligé du malheur imprévu
D'avoir fervi Satan qui l'avait vu
Se transformer en ange de lumiere.

CHAPITRE V.

Spectacle des élèves pour la danfe de l'Opéra.

Au forti du café Turc, je m'arrêtai un jour devant la falle des élèves de l'Opéra. J'examinai ce bâtiment, quand je fus accofté par un homme affez médiocrement couvert, qui lia converfation avec moi, en me difant : hé bien, Monfieur, n'eft ce pas dommage qu'un fi joli Théâtre refte ainfi abandonné ?... Oui, lui répondis-je, pour entrer dans fes vues, & voir ce qu'il avait dans l'ame ; Monfieur apparemment y était attaché ? Oui, Monfieur, reprit mon homme, qui ne demandait qu'à babiller, j'étais receveur de billets, & mon fils danfeur. Je lui demandai fon nom ; il m'apprit qu'il fe nommait *Guérot*. Eh bien, Monfieur ajoutai-je, pourquoi ce fpectacle a-t-il été interrompu ?... Ah ! Monfieur, pourquoi ? la mauvaife conduite du directeur ; fi nous n'avions point

eu ce libertin de *Parifeau*, ce Théâtre fubfifterait
encore ; mais ce gueux-là (ce font fes propres
termes) a tout mangé. Les premiers directeurs
étaient *Abraham*, danfeur à l'Opéra , & *Teffier*,
ancien acteur de province , qui avaient obtenu
le privilege. L'un devait compofer les ballets,
l'autre faire répéter les pieces, & un troifieme ,
nommé , *Lebœuf*, auffi cabotin de province ,
était chargé de monter les Pantomimes. C'eft
de lui ce fouilli qu'il appellait *la Jérufalem dé-
livrée* , fur laquelle l'écervelé *de Plainchene* a
donné , chez Audinot , une platte parodie intitulée *la Momagne qui enfante une fouris*. Ce
fpectacle fe foutint quelques mois , que
les recettes étaient bonnes; mais le public, las
de toujours voir la même chofe , & eux n'ayant
pas le moyen de monter du nouveau, ils ont
bientôt vu leur Salle déferte. Il fallait pourtant payer leurs fujets ; ou ils allaient fe retirer : comment faire ? *Parifeau* , intrigant, n'a-
vait pas un fou ; mais en revanche il defirait
beaucoup être directeur. Comme il fallait à
Teffier & à *Abraham* quelqu'un qui fournît des
fonds, il fit tant & tant que leurré par fon
langage infinuant , plufieurs perfonnes lui de-
lierent leurs bourfes. Il y puifa fix mille francs ,
avec lefquels il entra aux élèves en qualité d'un
des directeurs. *Abraham* lui cédant fon droit

moyennant une rente de cent louis, voilà notre remuant *Pariſeau* directeur. Il change toute la face de ce ſpectacle ; il renvoie les uns,
diminue les autres, veut jouer la Comédie, &
ne la jouer que lui ſeul : Sa deviſe était ; *audite*
hac omnes gentes. Il accepte des pieces de dif-
férens Auteurs, qu'il donne ſous ſon nom.
Enfin, le voilà chef des élèves de l'Opéra, &
ce ſpectacle ſe trouve dans un dépériſſement où
on ne l'a jamais vu.

Mons *Pariſeau*, au lieu de donner de tems
en tems quelques louis aux créanciers, & au
peu d'acteurs qui lui reſtent, devient amoureux
de la petite *Bernard*, danſeuſe de ce Théâtre,
& dépenſe avec elle le produit des recettes
qu'il fait chaque jour. Bientôt il doit de toute part ; les aſſignations l'aſſiegent ; il ſe voit
réduit vingt fois à ſe dérober aux griffes des
archers, en s'évadant par une porte de derriere ; une autrefois par une fenêtre, en ſe ſauvant
ſur les toits, &c. &c. &c. Quelques ames cha-
ritables s'imaginant bonnement que ce n'était
pas la mauvaiſe conduite de *Pariſeau* qui le
réduiſait à cette extrêmité, lui offrirent encore leurs bourſes, ne voyant en lui qu'un homme malheureux de s'être chargé d'une telle entrepriſe ; mais comme notre *Pariſeau* ſe mo-
quait d'eux, quand, rentré chez ſa petite *Ber-*

nard , il comptait l'or qu'on venait de lui donner pour appaiſer ſes créanciers , en donnant
la moitié à ſa concubine , & gardant l'autre
pour des parties de plàiſir.

Tant va la cruche à l'eau qu'enfin elle ſe caſſe ,
a dit *Sancho*. Il fallait que tant de friponneries
priſſent fin ; auſſi cela ne manqua-t-il pas. Le
Magiſtrat , étourdi & rebuté par tous les mémoires donné contre *Pariſeau* , tant des ſujets que
des fourniſſeurs qui ne recevaient pas un ſol ,
il interdit ce ſpectacle qui , pour le bonheur de
vingt créatures , aurait dû l'être un an plutôt.

Pariſeau ainſi dénué de ſon titre de directeur , finit par captiver la bienveillance de ceux
qui l'étaient Sa petite *Bernard* le voyant in-
capable de fournir déſormais au ſoin de ſa pa-
rure & de ſa maiſon , le laiſſa tranquillement
chercher le moyen de ſubſiſter , & entra à l'O-
péra , où elle trouva bientôt quelqu'un qui va-
lait mieux que lui. Quand on a faim , on n'eſt
pas ſi amoureux. *Pariſeau* oublia les charmes
de ſa *fidele Bernard* pour un morceau de pain
que lui offrit une eſpèce de Bourgeoiſe dans le
quartier de la Comédie Italienne. Là , à portée de ſe lier avec quelques acteurs de ce Théâtre , il tanta d'y faire donner une piece. Il ſe
ſouvint qu'un certain M. *Gouillard*, Profeſſeur
en Rhétorique , lui en avait confié une pour

être jouée aux élèves. Il feuilleta vite son por-
te-feuille, & l'y trouva ; c'était *la Veuve de
Cancale* ; elle était en profe, il l'a mife en vers
avec fon teinturier. N'importe, elle fut mife
en vers & préfentée aux Italiens. Ces acteurs,
attendris fur fa prétendue infortune, convin-
rent qu'ils donneroient cette piece : on la mis
à l'étude ; elle fut repréfentée & fifflée. Et vîte
fur le métier, mons *Parifeau* la retravaille,
profite des idées de l'un & de l'autre, & par-
vient enfin à la voir donner fans beaucoup de
murmures Mais voilà le diable ; le Sieur *Gouillard*, fort étonné du filence de mons *Parifeau*,
s'en plaint à fes amis, & l'un d'eux, Avocat,
écrit cette lettre aux Journaliftes de Paris.

Aux auteurs du Journal de Paris.

Le 5 Novembre 1780.

„ MESSIEURS. J'ai vu, avec furprife, que
„ M. *Parifeau* fe donnait pour auteur de *la
„ Veuve de Cancale*, parodie de *la Veuve du
„ Malabar*. J'avois lu cette piece long-tems
„ avant quelle parût fur le Théâtre Italien.
„ Je puis vous certifier qu'à l'exception de la
„ derniere fcène, elle eft toute entiere (telle
„ qu'elle a été donnée à la feconde repréfen-
„ tation) d'un homme de lettres, qui fe dif-

„ trait quelquefois de ſes occupations ſérieu-
„ ſes par des productions légeres qu'il ſe con-
„ tente de communiquer à ſes amis. Il y a ce-
„ pendant une choſe que M. *Pariſeau* peut re-
„ vendiquer dans cette parodie : ce ſont les
„ vers; l'auteur l'avait fait en proſe.

„ J'ai l'honneur d'être, &c.

„ DELAUNAY, Avocat. „

Réponſe aux auteurs du Journal de Paris.

„ MESSIEURS. Je n'ai jamais caché (1) que
„ j'avais eu entre les mains une piece en un
„ acte & en proſe, intulée *la Veuve de Can-
„ cale*, j'en avais même fait un ſupplément au
„ public, que la modeſtie de M. G... m'a fait
„ ſupprimer (2). J'ai uſé librement (3) de
„ tous les droits que l'auteur m'avait donnée;
„ je l'ai mis en vers & en trois actes (4). *Si*
„ *parva licet componere magnis.* Corneille n'a pas
„ dédaigné de mettre en vers *le Feſtin de Pierre*
„ *de Moliere* (5). Pourquoi donc aurai-je re-

---

(1) Si.

(2) Maniere adroite d'engager M. G. de ſe taire,

(3) Oui, très-librement.

(4) Quel effort!

(5) Que cette conſéquence eſt abſurde.

„ gretté l'ouvrage d'un de mes anciens pro-
„ feſſeurs (1). J'eſpere que l'auteur de la piece
„ en proſe, en rendant hommage à la vérité,
„ me vengera de la lettre de M. *Delaunay*.

„ J'ai l'honneur d'être, &c.

„ PARISEAU. "

Il ignorait apparemment, en écrivant cette
lettre, que M. *Gouillard* en avait envoyé une
au Journal, qui atteſtait ſa friponnerie. Pourquoi les journaliſtes ne l'ont-ils point imprimée?
Il n'en ſait rien, ni moi non plus : mais comme il m'en a communiqué la lecture, j'en ai
pris copie.

*Lettre de M. Gouillard aux auteurs du Jour-
nal de Paris.*

„ MESSIEURS. J'ai toujours entendu dire
„ qu'il fallait rendre à Céſar ce qui appartenait
„ à Céſar, & ne jamais ſe parer des plumes
„ du Paon. Donc je ſuis aujourd'hui dans le
„ cas de réclamer ce qui m'appartient au moins
„ de moitié. M. *Pariſeau* a beaucoup d'eſprit,
„ je ne lui conteſte pas; il a embelli mon ou-
„ vrage : mais je l'ai mis le premier ſur le mé-
„ tier, & il n'a eu que la peine de le broder.

____

(1) Si vous n'euſſiez point vu jour à en tirer parti.

Je

,, Je ne veux point me targuer du titre d'auteur,
,, encore moins dire que la *Veuve de Cancale*
,, m'appartient ; mais je voudrais au moins que
,, M. *Parifeau* avouât qu'il l'a faite en fociété
,, avec moi ; & vous allez voir, Meſſieurs, ſi je
,, demande plus que je n'ai droit d'exiger. Quel-
,, ques momens de loiſirs m'ayant fait naître
,, l'envie de compofer quelques petites pieces
,, de Théâtre, je voulus les voir repréfenter
,, fur celui des éleves de l'Opéra de préférence
,, aux autres, vu que depuis long-tems des
,, circonftances me lient avec le fieur *Parifeau*.
,, Je lui remis ma parodie de *la Veuve du*
,, *Malabar*, intitulée *la Veuve de Cancale* ;
,, cette parodie eſt en profe, à la vérité, mais
,, c'eſt la même intrigue, les mêmes perſonnages,
,, & prefque le même dialogue qu'on trouve
,, aujourd'hui dans *la Veuve de Cancale* donnée
,, aux Italiens. M. *Parifeau*, ayant lu ma piece,
,, me la rendit, en me difant qu'il ne pouvait
,, en faire aucun ufage pour fon fpectacle.
,, N'attachant point de prétention à une ſi mince
,, production, je la ferrai dans mon porte-
,, feuille, bien réfolu de ne jamais l'en retirer.
,, Aujourd'hui j'entends dire qu'on joue une
,, pareille piece aux Italiens ; je m'y rends, &
,, je reconnais la mienne qu'on a mife en vers.
,, On appelle l'auteur, un mouvement naturel

„ me fait lever de deſſus mon ſiege ; mais je
„ ſuis bientôt arrêté par l'apparition du ſieur
„ *Pariſeau*, conduit par *Meunier*. Je reſte
„ interdit, & vous conviendrez qu'on l'aurait
„ été à moins. Je vous prie donc, Meſſieurs,
„ d'inſérer ma lettre dans votre premier Journal.

„ J'ai l'honneur d'être, &c.

„ *Signé*, GOUILLARD. „

Si cette lettre ne donne pas une haute idée
de la proſe de M. *Gouillard*, du moins elle
était bien faite pour déſeſpérer *Pariſeau*, &
ôer au public la bonne opinion qu'il avait de
ſes talens.

Pariſeau eut quelques mois avant une qué-
relle avec Audinot, dans laquelle il montra
plus d'eſprit. En tranſcrivant ici les lettres des
deux champions, déja dans la lice, ſe portant
des coups d'eſtoc & de taille, je m'épargnerai
la peine de faire le détail de l'objet de cette
diſpute, & au lecteur l'ennui de le lire.

Lettre aux auteurs du Journal de Paris.

Ce 22 Avril 1780.

„ MESSIEURS. Un honnête homme (1) qu'on

____

(1) Il y a bien des choſes à dire là-deſſus.

,, accuſe publiquement des procédés malhonnê-
,, tes, ſe doit à lui-même de ſe juſtifier publi-
,, quement.

,, C'eſt en plein Théâtre, & dans un compli-
,, ment en vers, que M. *Pariſeau*, directeur
,, des élèves, m'impute ironiquement d'être *un*
,, *voiſin de bon aloi, qui lui a enlevé ſa famille,*
,, *& qui lui a débauché l'Amour.*

,, Cela veut dire que les deux Demoiſelles
,, *Spinacuta*, que les deux Demoiſelles *Tabreze*,
,, un danſeur & un petite enfant à qui le public
,, a impoſé le nom de l'*Amour*, ont paſſé de ſon
,, Théâtre ſur le mien. Il eſt naturel, ſans doute,
,, à tout Entrepreneur de rechercher les avan-
,, tages dé ſon entrepriſe : il eſt naturel que tout
,, artiſte, tout artiſan, tout ouvrier préferent de
,, s'attacher à ceux qui connaiſſent & paient le
,, mieux la ſupérioté de leurs talens. On ne
,, bleſſe donc ni la loi ni l'honneur en uſant
,, reſpectivement de ce droit naturel.

,, Il eſt vrai que les ames extrêmement déli-
,, cates s'interdiſent d'employer des moyens in-
,, ſidieux pour ſe prévaloir de ce droit, & cette
,, délicateſſe je l'ai toujours eue à l'égard de mes
,, collegues ; je puis même prouver que ſi elle
,, me manquait aujourd'hui, je ne ferai qu'uſer
,, de repréſailles. C'eſt encore un droit naturel
,, que je me ſuis interdit. Je défie donc le ſieur

„ *Pariseau* de prouver que je lui ai débauché
„ l'*Amour ni sa famille.* Je lui prouverai, au
„ contraire, que je n'ai engagé aucun des sujets
„ qui lui ont appartenu qu'au terme indiqué,
„ quoique j'en fuſſe ſollicité vivement par cha-
„ cun d'eux bien avant l'expiation de leurs
„ contrats avec le ſieur *Pariseau* ; contrats aux-
„ quels ils avaient peut-être droit de ſe ſouſ-
„ traire. Que ledit ſieur ne s'en prenne donc
„ qu'à ſon égoïſme & qu'à ſes mauvais calculs
„ de ſes mauvais ſuccès ; qu'il ceſſe ſur-tout de
„ vouloir rendre ſuſpect au public un *honnête*
„ homme qui, comme lui, ne peut tenir ſa for-
„ tune que de l'eſtime du public.

„ C'eſt en vers qu'il a plu à M. *Pariseau* de
„ me tympaniſer. Pour lui répondre un peu
„ dignement, j'ai obtenu de ma petite muſe les
„ quatre petits vers que voici, en attendant
„ que je devienne un grand Poëte comme lui :

„ Si le fils de Vénus ne vous fait plus ſa cour,
   „ Pourquoi m'en faites-vous la mine ?
„ C'eſt par le bonheur ſeul que l'on fixe l'amour,
   „ On le chaſſe par la famine.

     „ *Signé*, AUDINOT.

Réponſe aux auteurs du Journal.

Ce 26 Avril 1780.

„ MESSIEURS. Le ſieur *Audinot* a fait con-
„ fidence au public des énormes griefs qu'il a
„ contre moi. Je ſuis bien étonné que M. *Audi-*
„ *not*, qu'on a toujours accuſé de prudence, ſe
„ ſoit engagé dans une démarche auſſi légere.
„ Je vais répondre à mon *aimable collegue*; car
„ c'eſt une qualification dont il m'honore. Il a
„ bien ſenti le ſel piquant de cette injure; mais
„ on ſait que je ne la mérite pas.

„ Le ſieur *Audinot*, qui n'eſt point égoïſte,
„ & qui calcula paiſſamment, m'a débarraſſé de
„ quelques ſujets un peu chers. Pénétré d'un
„ auſſi beau trait, j'ai dit, dans une effuſion
„ dont je n'ai pas été le maître.

> „ Près de moi la charité brille.
> „ Mon voiſin de très-bon aloi,
> „ Pour me ſoulager, malgré moi,
> „ Veut bien adopter ma famille.
> „ L'hymen reſte dans ce ſéjour,
> „ Mais il m'a débauché l'Amour.

„ Et Voilà ce qui fâche mon aimable collegue,
„ Il auroit deſiré que ces bienfaits fuſſent en-
„ ſévelis dans une obſcurité modeſte.

„ Homme ſublime, voilà comme on oblige!

„ voilà de grands procédés ! Mais tant de dé-
„ fintéreffement pefe à ma reconnaiffance, il
„ faut que ce fentiment s'épanche ; il faut
„ qu'on fache tout ce que vous valez ; je l'ai
„ dit en vers, je le répète en profe, & j'ap-
„ prends à tous les échos : .

„ Mon voifin *de très-bon aloi.*

„ L'expreffion vous offenfe. Un homme qui vou-
„ droit ménager votre modeftie, toujours déli-
„ cate, regretterait l'expreffion fur la néceffité
„ de rimer à *moi*, quoique je ne rime à rien;
„ mais je remercie la rime de l'avoir amenée
„ naturellement fous ma plume. Quel dommage
„ que ce mot-là vieilliffe ! Comme il peint la
„ bonté, l'*honnêteté*, la candeur, &c. &c. &
„ mille &c.

„ Mais il m'a débauché l'Amour.

„ Entendriez-vous malice à ce vers-là ? Pour
„ le coup, c'en eft trop. Vous avez affez d'ef-
„ prit pour m'en prêter; mais je vous dois dé-
„ jà beaucoup, & je ne veux point me fur-
„ charger d'obligations nouvelles.
„ Vous finiffez votre épître par un quatrain
„ barbare anti-poétique & fur-tout mal-adroit.
„ Le public, dont la faveur vous enivre, n'ai-
„ me pas qu'on s'en targue infolemment pour

„ humilier les autres Enfans gâtés de ce pu-
„ blic , vous ne connaissez que ses bienfaits ;
„ apprenez à connaître , à respecter son équi-
„ té. Rayez-moi donc ce quatrain impoli ; je
„ ne sais pas ce qu'il vous a coûté ; mais
„ l'eussiez-vous eu pour ce qu'il vaut , vous
„ auriez fait un mauvais marché. *Sordes emere*
„ *stultum est* (1). Je vous demande pardon
„ d'avoir parlé latin. Il faut terminer. Je ré-
„ prime des sarcasmes assez gais qui s'offrent
„ à mon imagination. Tenez-moi compte de
„ ce que je ne vous ai pas dit , & convenez
„ que votre lettre méritait une autre réponse.
„ Vous n'en êtes pas moins très-*honnête* ; car
„ vous l'avez dit , & je suis assez crédule pour
„ ne demander à personne ce que je dois en
„ penser.

„ J'ai l'honneur d'être , &c.

„ PARISEAU , directeur des
„ élèves de l'Opéra. "

Le petit *Mayeur* , acteur de Nicolet , qui
se mêle aussi de faire l'auteur , écrivit , dit-on,
la lettre suivante aux journalistes de Paris : mais

---

(1) Si comme le dit ici Pariseau , *c'est une folie d'ache-*
ter des sottises , Nicolet doit donc bien se repentir d'avoir
acheté ses productions.

j'ai eu beau fureter les feuilles du mois d'A-
vril, je ne l'ai point vue. Il y a toute apparence qu'ils n'en firent pas plus de cas que de
celle du fieur *Gouillard*. Ce petit transfuge
des treteaux d'*Audinot* voulait, dit-on, que
cette lettre parût, pour tâcher de fe récon-
cilier avec lui. La voici ; je la tiens de Madame *Bonnet*.

Aux auteurs du Journal.

„MESSIEURS. Je viens de recevoir votre
„Journal, & l'ayant ouvert avec l'empreffe-
„ment qu'on met à pofféder ce qui fait nous
„intéreffer & nous plaire, mes yeux fe font
„arrêtés fur une lettre fignée du fieur *Audi-*
„*not*, directeur du Spectacle connu fous le
„nom de l'*Ambigu-Comique*. Comme je fuis en
„partie l'inftrument de l'altercation élevée
„entre MM. *Audinot & Parifeau*, & que je
„puis rendre au premier toute la juftice qu'il
„réclame, vous m'obligerez, Meffieurs, de
„faire part au public de la dépofition que je
„remets entre vos mains, puifque votre Jour-
„nal eft le dépofitaire de la réclamation du
„fieur *Audinot*.

„Jouant à fon Spectacle, & ne cherchant,
„après le defir de plaire au public, que ce-
„lui d'être agréable & utile à mon directeur,

„ je lui préfentai la Demoifelle *Bonnet* (con-
„ nue fous le nom de l'*Amour* depuis qu'elle
„ a joué ce rôle au Spectacle des élèves), que
„ j'avais pris foin de former pour nos Théâ-
„ tres, en lui faifant jouer quelques rôles dans
„ de petites pieces que je compofais pour des
„ fociétés.

„ Douée d'une intelligence furprenante, je
„ m'imaginais que cet enfant, âgée de fept
„ ans & demi, après avoir fait le charme de
„ nombre d'affemblées, ferait reçue avec tranf-
„ port par le fieur *Audinot*. Mes efpérances
„ furent déçues; elle entra donc alors aux élè-
„ ves de l'Opéra. Au milieu de l'année paffée
„ fa mere voyant le délabrement de ce Théâ-
„ tre, me pria de l'offrir de nouveau au fieur
„ *Audinot*. Je le fis : nouvelles marques d'in-
„ différences de fa part. Enfin, ayant récidivé
„ pendant cette derniere quinzaine de Pâques
„ (toujours aux follicitations de fa Mere) &
„ cette fois fatisfait du fieur *Audinot*, je lui
„ amenai la Demoifelle *Bonnet*. Je fus témoin
„ de leur converfation, & je puis attefter,
„ comme l'allegue le fieur *Audinot*, qu'il a
„ refufé d'engager ladite Demoifelle *Bonnet*,
„ avant le terme où expirent les engagemens
„ de comédie : il alla même jufqu'à la refufer
„ encore, en difant que le public voyant qu'el-

„ le foutenait feule le fpectacle des élèves,
„ pourrait l'accufer de le lui avoir ravi pour
„ aider à fa chûte, & que s'étant toujours con-
„ duit *pour fon Théâtre* avec décence & hon-
„ nêteté , il ne voulait pas commencer à cette
„ heure à donner matiere à des reproches qui
„ lui feraient trop fenfibles. La Dame *Bonnet*
„ a perfifté ; mais il n'engagea fa petite fille
„ qu'au tems où il en avait le droit. C'eft
„ donc une juftice qu'il eft néceflaire de ren-
„ dre au fieur *Audinot.* Quand à l'*égoïfme* qu'il
„ impute au fieur *Parifeau*, je ne le crois pas
„ non plus ; car fi le zèle ardent & le talent
„ peuvent conduire à la fortune , le directeur
„ des élèves a bien droit d'y prétendre.

„ Les accufations de l'une & l'autre part
„ font donc fauffes ; mais comme le public,
„ neutre dans cette difcuffion, peut former
„ des doutes téméraires, il doit être détrom-
„ pé , & voilà l'objet qui m'a fait mettre la
„ main à la plume, pouvant feul jetter de la
„ clarté fur cette affaire, dont j'ai été à la fois
„ le témoin & l'agioteur.

„ Il eft encore néceflaire de dire que, com-
„ me on fait que je fuis au fpectacle du fieur
„ *Audinot* depuis dix années, & que, comme
„ fon penfionnaire, j'écris ceci pour le flatter,
„ je déclare que je ne fuis plus à fon fpecta-

„ cie ; qu'après lui avoir fait faire l'acquisition
„ de la petite *Bonnet*, des affaires d'intérêts
„ me contraignirent à le quitter pour entrer
„ chez le sieur *Nicolet*, où je fais chaque jour
„ de nouveaux efforts pour mériter de plus en
„ plus l'indulgence dont le public m'a souvent
„ honoré.

„ Il ne me reste plus, à l'exemple de ces
„ Messieurs, que de terminer ma lettre par
„ quelques vers, & je leur adresserai ceux-ci.

A MM. Audinot & Pariseau.

„ Des nourrissons de l'aimable Thalie,
„ Savans & chéris précepteurs,
„ Bannissez loin de vous la discorde ennemie,
„ Qui voudrait corrompre vos cœurs.
„ Tous deux vous êtes faits pour plaire,
„ Tous deux le saurez tour-à-tour ;
„ Si chez l'un l'on court voir l'Amour,
„ Chez l'autre on ira voir la Mere.
„ L'enfant qu'on adore à Cythere,
„ Vous le savez, est inconstant,
„ Ce dieu chéri le changement,
„ Ce sentiment peut seul le satisfaire ;
„ Taisez-vous & laissez le faire ;
„ Du destin souvent contraire,
„ Il ne faut qu'un seul instant,
„ Pour ramener ce bel enfant
„ Sous le toit de son premier Pere.

„ J'ai l'honneur d'être , Meſſieurs , avec les
„ ſentimens les plus diſtingués, vôtre très-hum-
„ ble ſerviteur ,

Ce 22 , à midi.

„ Mayeur., abonné. “

Je ne me permettrai aucune réflexion ſur tout
ceci , afin de laiſſer au lecteur le loiſir de faire
toutes celles qu'il jugera à propos. Il y a déja
long-tems que nous nous entretenons du même objet , paſſons à d'autres ; nous aurons aſſez
matiere à parler d'*Audinot* & de *Pariſeau*.

CHAPITRE VI.

Des Traiteurs & des Cafés.

A l'exception des Cafés, des Spectacles, il
y en a cinq ; ſavoir : le café *Sirgent* , le café
Tong , le café *Cauſſin* , le café *Armand* , & le
café *Alexandre*. Ils ſont tous remplis de la plus
mauvaiſe compagnie. Les deux premiers, il y a
quelques mois, étaient aſſez bien compoſés ;
mais ils ne vendaient pas de quoi payer leurs
garçons , parce que la populace , amie de la
débauche , ne s'y livre que quand quelque choſe l'y excite ; alors rien ne peut l'arrêter : &
ce quelque choſe dans ces Cafés, c'eſt cette

mauvaiſe

mauvaife mufique qu'on entend chez *Armand*, *Cauffin*, *Alexandre*. Ces déteftables muficiens qui, d'accord avec les chanteurs & les chanteufes à la voix fauffe & glapiffante, vous arrachent le tympan par leurs cris difcordans. Voilà ce qui attire la populace, voilà ce qui la captive dans ces lieux où elle s'enivre de *Punch* & de différentes liqueurs. *Yong* & *Sergent*, comme j'ai dit, ne faifaient rien. Depuis qu'ils ont des chanteurs & des racleurs, ils gagnent de l'or.

Le café d'*Alexandre*, fans être plus agréable eft encore plus mal compofé. Dans les autres on y rencontre des crocs, des recruteurs, des filoux : ici on n'y trouve que des *racrocheufes*, des *bougres* & des *bardaches*. Il fe paffe dans ce café des infamies, des horreurs qu'il eft inutile de nommer ; les titres de ceux qui l'habitent les font affez deviner. La police y veille cependant ; mais on fait tromper fon œil vigilant ; le plus fage & le plus fûr ferait de faire fermer ce receptacle de *tribades* & *fodomiftes*.

Il vient encore de s'en établir un au coin de la rue Saintonge, occupé par un garçon du café de *Foi*, qui venant d'être tenu par une nommée *Vélic*, fille de joie déja fanée, mais qui avait eue l'adreffe d'amaffer quelques bijoux, qu'elle vendit pour avoir cette Boutique, dans laquelle, fous prétexte de vendre du café, elle tenait *ferrail* dans une Salle par bas, où l'on entrait quand on étoit convenu de la fille qu'on defirait, & du prix qu'on voulait y mettre. *Vélie*, du bénéfice de ce commerce, entretenait un petit coëffeur nommé *Marin*, dont elle s'était amourachée en le voyant jouer la comédie *aux Variétés*, où il jouait comme un cochon. Le Lieutenant de police, informé de la conduite de cette moderne *Ninon*, vient de faire fermer fa boutique.

Pour les traiteurs qui font fur ce même boulevard, chacun fait qu'on y peut mener des filles, & que chaque traiteur facilite les moyens de facrifier à l'Amour en buvant à Bacchus. On les avait contraint jadis de ne point mettre de rideaux à leurs fenétres ; mais voyant que leurs pratiques à *parties fines* fe trouvaient ainfi obligées d'aller plus loin, ils ont oublié l'ordre de la police, & ont mis des jaloufies qu'on peut fermer à volonté, & qui vous mettent dans le cas de faire tout ce que vous jugez à propos. Il y vient même de jeunes vielleufes qui, fi vous les trouvez jolies, font très-complaifantes ; du moins felon comme vous promettez de payer leur complaifance. Mais cet article ne regarde guere que les vieux paillards qui vont y fouper exprès pour cela. Aux orgies, compofées de filles & de jeunes libertins déja blafés par l'excès du plaifir, ces vielleufes cherchent à réveiller leur imagination par des couplets lafcifs, qu'elles accompagnent de geftes très-expreffifs, & font fouvent fpectatrices de l'effet que produit fur l'affemblée le rôle qu'elles jouent. Voici un échantillon des chanfons de ces vielleufes.

POT-POURRI.

I.

Air : *De tous les capucins du monde.*

En vain Iris, dès qu'on la preffe
De fe livrer à la tendreffe,
Affecte un dépit éclatant ;
Il faudra bien qu'elle fe rende ;
Car l'Amour quoiqu'il foit enfant,
Eft un vainqueur fi-tôt qu'il...

I I.

Air : *Des folies d'Efpagne.*

Bande ton arc,
Armes-toi d'une flêche,
Attaque Iris de l'un & l'autre bout ;
Et fi tu peux forcer certaine brêche,
C'eft le chemin, Amour, par où l'on...

I I I.

Fou, petit fou que fais-tu donc,
Tu te livres à la bagatelle ?
Ne fais-tu prendre qu'un ton ?
Allons vite, vas droit au...

I V.

Air : *Ton humeur est Catherine.*

Comprenez bien ce mystere,
Vous qui soupirez toujours,
Les honteux ne gagnent guere
A l'empire des amours.
En vain vous cherchez à plaire
Pour toucher l'objet chéri,
Il faut commencer par faire...

V.

Air : *Du Confiteor.*

Vive, vive le Cabaret !
En y buvant sa chopinette ?
Sans façon sur un tabouret,
On y baise sa Claudinette ;
Et souvent pour un quart d'écu
De l'une & l'autre on voit le...

V I.

Air : *Du Prévôt des Marchands.*

Curieux enfant du desir,
En vain tu poursuis le plaisir,

Dans les bras d'une beauté chere,
Tu cherches l'heure du Berger,
Ton bonheur n'eſt qu'imaginaire
Si tu ne la ſent......

V I I.

*Dé*chargez votre pot au lait,
La laitiere charmante,
Et ſi la danſe vous plaît,
Que le plaiſir vous tente,
J'ai mon *violon* tout prêt
Qui vous rendra contente.

Autre.

Air : *Vit-on jamais de pareille ſottiſe?*

Qu'on s'évertue & qu'on rit & qu'on chante;
Au fond du verre enterrons la raiſon,
Et que chacun de nous, l'ame contente,
Boive à Bacchus ainſi qu'au plus beau... &c.

Combien de fois Colin à ſa Bergere
Voulut montrer, à l'ombre d'un buiſſon,
Les doux plaiſirs que l'on goûte à Cythere,
En carreſſant ſon joli petit... &c.

Qu'on eſt heureux de vivre ſans fortune!
Moi je hais cette laide camuſon;
J'aime Liſe ſans que rien m'importune,
Et tout mon bien eſt ſon cher petit... &c.

CHAPITRE VII.

Le Théâtre des associés.

CE Théâtre, situé entre *Comus* & *Curtius* vient d'être rebâti. Les directeurs, qui ont pris le titre d'*associés*, sont l'un nommé *Visage*, aboyeur jadis à la porte de Nicolet, & l'autre appellé *Salé*, aussi acteur de Nicolet. Ces deux intrigans ont des commissionaires à qui ils font endosser un habit d'Arlequin, de Pierrot, &c. &c. &c. auxquels ils font apprendre des rôles d'anciens Opéra-comiques, qu'ils jouent sur le balcon, ou dans l'intérieur de la Salle. Vous conviendrez qu'il est très-plaisant de voir jouer à ces Messieurs *Alzire*, ou le *Cid*, ou quelques-unes de nos Opéra-bouffons! On y creve de rire. Mais le plus divertissant est d'y voir jouer à mons *Visage*, le rôle de *Mahomet*, ou celui de *Béverley* : avec sa voix de taureau, ce gredin-là braille à se faire entendre du Boulevard du Temple à Menil-Montant.

Je me trouvai un jour à une représentation de *Béverley*; à l'endroit où il se mit à beugler : *Nature, tu frémis?* le mal-adroit cassa le verre, & déconcerté, ne fachant comment faire, eut la mal-adreffe de boire dans le creux de fa main. Jugez, par cet échantillon, de l'idée que vous pouvez vous former de ce fpectacle. Avant que la police eût interdit les repréfentations de nuit, les filles fe portaient en foule dans ce taudion, parce que là, au milieu de la groffe joie qui y regne, elles paffaient autant de caprices qu'elles voulaiént, de petites loges qu'on leur avait permifes en laiffaient rien à defirer pour la commodité. Les vieillards qui fe contentaient du *toucher* y étaient fervis à fouhaits ; c'était le rendez-vous de toutes les prêtreffes de la *Montigni* & de la *Dumas*. La fuppreffion des repréfentations nocturnes a fait auffi ceffer ces innocentes affemblées. O vertu ! on ne ceffera donc jamais de vous perfécuter.

Malgré que ce taudion ne foit habité que par les décroteurs & les filles du Boulevard, tant marchandes de pommes que donneufes de *nouvelles à la main*, les affociés retirent chacun par an près de deux mille écus tous frais faits, quoique l'Archevêque les contraigne, comme *Audinot*, *Nicolet* & les *Variétés*, à donner le quart de leur recette aux pauvres tous les Dimanches & Jeudis.

Ils viennent de faire conftruire une Salle à la

Foire Saint-Laurent, qui leur revient à trente mille livres. Qu'on les laisse faire, & avant une dixaine d'années, ils dameront le pion à *Nicolet* & à *Audinot*.

Ce Théâtre est celui où M. *Fardeau*, Procureur au Châtelet, & M. *Mercier*, le dramaturge, font jouer leurs productions. On y donne très-souvent *la Boutique du vinaigrier*; & M. *Mercier* n'a fait représenter son *Jenneval* sur le Théâtre Italien, qu'après en avoir essayé l'effet sur les tonneaux des associés. M. *Fardeau*, à son exemple, ne fait plus imprimer de pieces qu'elles n'aient été jouées dix ou vingt fois par les acteurs des *Visage* & des *Salé*. On est en attendant l'impression de la *Grenade*, & d'une autre piece faite à l'occasion des couches de la Reine, jouées l'année passée, & sorties du cerveau fécond de ce *pesant Fardeau*.

CHAPITRE VIII.

Les grands danseurs du Roi.

COMMENT parlerons-nous de l'immortel Directeur de cette troupe? Sera-ce comme homme de Lettres, comme Citoyen, comme Philosophe, comme Musicien, comme Comédien, ou comme homme d'Esprit? Non, d'abord comme *homme de Lettres* ; cela ne se peut pas, puisqu’il ne sait ni lire ni écrire ; comme *Citoyen*, ce titre ne peut appartenir à un Bateleur ; comme *Philosophe*, encore moins, ou quelle est sa philosophie ? Quand il aura pu me l’apprendre, je vous en ferai part. Comme *Musicien* ? comment prendrait-il ce titre ; puisqu’il n’a jamais pu distinguer la différence de la clef de fa chambre avec la clef de gé-ré sol. Je vais, à propos de musicien, rapporter quelques balourdises de notre moderne *Ragotin*, qui, si elles ne font point rire de plaisir, feront au moins rire de pitié. Nous reviendrons toujours bien aux titres de Comédien & d’homme d’esprit.

Nicolet a un Orchestre composé de tant de Musiciens : peu lui importe qu’ils soient bons ou mauvais, pourvu qu’ils soient le nombre qu’il exige, & qu’ils remplissent son Orchestre ; qu’ils jouent faux ou juste, il ne s’en apperçoit jamais. Mais quoiqu’il n’ait aucune connaissance dans cette partie, il ne s’ensuit pas de là qu’il ne veuille point avoir l’air de s’y connaître, & nous allons en voir la preuve. Un soir j’assistai surtivement à une répétition ; car il n’y souffre personne : on étudiat un ballet. Je ne sais quelle danseuse répétait un pas seul ; il prit fantaisie à *Nicolet*, en essuyant le

Tabac de deſſus ſon habit, de trouver ce pas trop long. Il fit taire toute la Muſique, & ordonna qu'on en retranchât le quart. Après quelques difficultés de la part du maître des Ballets & des Muſiciens, ils convìnrent qu'il avait raiſon, & qu'ils allaient en retrancher huit meſures. La danſeuſe ſe met en place, recommence; on exécute le pas comme auparavant, ſans y rien changer, & *Nicolet* de s'écrier *bravo!* demandant même ſi on ne trouvait pas que c'était beaucoup mieux ainſi. Un autre jour, je ſais ceci d'un de ſes acteurs, on répétait généralement une Pantomime. Un muſiçien avait les bras croiſés, en attendant que ſon tour vînt de jouer ſa partie. *Nicolet* qui l'apperçoit accourt vîte, fait tout arrêter, & demande pourquoi il reſte ainſi à ſe repoſer, tandis que ſes camarades s'eſcriment de toute leur force? Ce Muſicien, qui jouait de la quinte, lui répond qu'il compte des meſures. Eſt-ce que je vous *prie* pour compter des meſures? Jouez, Monſieur, jouez; je *paie* ici pour qu'on joue. ---- La réflexion qu'on ferait s'étendrait trop loin; il vaut mieux retourner où nous en étions reſté : c'eſt, je penſe, à le conſidérer comme *Comédien* & comme *homme d'eſprit*. Il joua la Comédie ſur la parade & dans ſon ſpectacle : maiscela ne prouve pas qu'il ſoit comédien;

car on peut dire , de lui , comme de cet acteur
de Province , qu'il jouait , les *Financiers* comme
les *Arlequins* , & les *Arlequins* comme les *Financiers*. Tel était l'emploi de cet histrion. Dieu
merci il ne joue plus ; ainsi soit-il ! il faut remer-
cier Dieu de tout. En revanche son épouse a
beaucoup joué après lui ; il n'y a que quelques
mois que Madame a quitté les planches. On ne
peut refuser quelques talens à cette femme ; elle
débitait ses rôles avec beaucoup de facilité & de
naturel ; mais depuis quelque tems Madame,
gâtée par les bontés du public , ne jouait plus
qu'avec un air indifférent , parlant à peine pour
se faire entendre au bord des rampes. Le public , qui accorde ses faveurs à l'acteur qui paraît
chaque jour par de nouveaux efforts capter son
indulgence , témoigne bientôt son dégoût & sa
haine à celui qui semble ne plus se montrer à
lui qu'avec la certitude de plaire , ayant l'air de
dire : *me voilà , applaudissez-moi , je joue comme
un ange.* La Dame *Nicolet* avec ce ton déplut
aux Spectateurs , au point qu'ils commencerent
par lui crier *plus haut*, & finirent par la *huer.*
Outrée , elle promit de ne plus remettre le pied
sur le Théâtre , & on ne s'est pas encore apperçu de cette perte. Celle qui la remplace dans
les grands rôles , est la belle *la Forest* , entrée
à ce Théâtre en 1777 , sortie en 1778 , pour

être entretenue par *Bertin* , Miniftre des parties cafuelles , & rentrée en 1780. Il a paru
alors , dans le journal de Paris , ces Vers que
le petit *Mayeur* , lui adreffa à ce fujet:

Vers à Mademoifelle Sophie Foreft , fur fa ren-
trée au Théâtre de Nicolet.

Les plaifirs , l'enjoûment , les graces ,
Et les ris , les jeux & l'amour ,
Ayant fui loin de ce féjour.
Pour s'attacher fur tes traces ,
Ici tout n'orffoit plus qu'un immortel ennui,
Et tout était en fouciance ,
Où par l'effet de ta préfence ,
Tout eft plaifir aujourd'hui.
Viens tendre nourriffon de l'aimable Thalie ,
Viens recevoir l'encens de mille adorateurs ,
Et la couronne chérie ,
Due à tes talens enchanteurs.
Le public empreffé que ton retour ramene ,
T'attend d'un air fatisfait ;
Le moment eft venu , tu parais fur la fcène ,
Et ton triomphe eft complet.
Eft-ce bien fœur Agnès (1) ? Non d'Amour c'eft la Mere,
Voilà fes traits , fon fouris enchanteur ,
Et ce tendre abandon , aliment du bonheur.
Qui , c'eft Vénus , qui défertant Cythere ,
Sous un déguifement trompeur ,

______

(1) Nom d'un perfonnage qu'elle joue dans l'*Amour*
quêteur.

Voudrait

Voudrait rester inconnue à la terre,
Mais chacun la devine au trouble de son cœur.

Nous reviendrons sur le compte de cette jeune actrice. Continuons à nous entretenir de *Nicolet*. Sa femme, qui heureusement a l'esprit d'arrangement & d'économie, qui convient pour conduire une maison à la disposition du coffre-fort ; car lui le dépenserait aussi sottement qu'il l'a amassé, le moindre petit minois qui lui donnerait dans l'œil, serait sûr de lui tirer jusqu'au dernier sol. Aussi sa femme a-t-elle soin de borner sa dépense : on lui met régulièrement tous les matins dans son gousset dix écus, ce qui fait environ onze mille huit cens livres par an. Mais il jouit de soixante mille : aussi vous voyez qu'il en est encore loin.

Une fille qu'il a bien aimé, & pour laquelle il a fait les plus grandes folies, est une certaine *Riviere*, danseuse à son Théâtre. Il lui donnait dix mille livres d'appointemens, & quinze louis par mois pour ses menus plaisirs, la dépense de sa maison payée. Mais cette petite p........ amoureuse des deux sexes, n'a jamais amassé un sol. C'est assez facile à croire ; la premiere *gouine* qui lui plaisait, elle l'entretenait comme elle avait entretenu le petit Diable, Talon, Placide, &c. &c. &c. qui l'un après l'autre lui passèrent sur le corps.

Malgré cette conduite infâme, *Nicolet* ne pouvait s'empêcher de l'adorer (1), par la raison que l'amour est aveugle. Mais sa femme, outrée à la fin de devenir la risée d'un chacun, fit tant & tant que *Nicolet* se vit contraint de renvoyer *Riviere,* qui n'a aujourd'hui que les Boulevards & le Palais-Royal pour subsister. On avait fait courir le bruit qu'en sortant de la *Riviere* il était entré dans *la Forest*; mais c'est une fausseté, *Nicolet*, m'a assuré lui-même qu'il ne l'avait jamais eue.

La beauté qui maintenant le retient dans ses fers, est la grande sotte *de Fournier*, sortie de chez *Audenot* à Pâque pour entrer chez lui. Ceux qui l'espionnent, disent qu'il va tous les soirs, avant ou après souper, chez elle passer une couple d'heures, & que l'appartement qu'elle occupe étant très-petit, le tout sans difficulté se passe devant la Mere qui s'y prête avec tout le zèle dont est capable en pareil cas la Mere d'une fille de Théâtre pour *Nicolet*. Son destin étant d'être toujours *cocu*, c'est dans ce

(1) Tel par sa pente naturelle,
Par une erreur toujours nouvelle,
Quoiqu'il semble changer son cours,
Autour de la flamme infidelle,
Le papillon revient toujours.

moment que *le beau Dupuis*, l'un de ſes fauteurs, lui en fait porter. Ce *Dupuis* eſt un
aſſez bel homme , mais bête comme un han-
neton , & ſale comme un porc. A propos, il
me ſemble que j'ai oublié d'analyſer *Nicolet*
comme *homme d'eſprit*. O Ciel ! qu'allais-je faire ? C'eſt ici ſon triomphe ; il ne faut , pour
ne point lui diſputer ce titre , que jetter un
coup-d'œil ſur ſon affiche : On donnera aujour-
d'hui le Dogue d'Angleterre , Pantomime *à
machine ; pour rire.* Sur le répertoire de la ſemai-
ne , il y aura aſſemblée générale pour tout le
monde ; à ſes valets de Théâtre , montez *la-
haut* , deſcendez *là-bas* , ſonnez *la ſonnette* , al-
lumez *la lumiere* ; il faut qu'on répete encore
cette piece là , *afin que ſa mémoire* ne s'oublie
pas. On ne finirait jamais , ſi l'on voulait ſcru-
ter toute l'élégance de ſon eſprit ; mais c'eſt,
je penſe , aſſez s'étendre ſur ce chapitre.
Voyons ſéparément quelques-uns de ſes acteurs &
actrices : le champ eſt vaſte , il y a de quoi
glaner.

CHAPITRE IX.

De toute la Troupe en général.

C'EST un compofé de bon & de mauvais, de bizarre, d'extravagant, & qui cependant amufe quelquefois par la variété. S'il n'avait point fes fauteurs & fes Pantomimes d'arlequinades, ça ferait froid ; avec ces deux objets c'eft fot & ennuyeux. Sans ces acteurs, cela ferait infupportable ; avec eux, c'eft très-fouvent infipide. Si on n'y voyait point de ballets, fon fpectacle ferait moins divertiffant ; il y en a, on ne s'en apperçoit pas. Sans fes Muficiens on dormirait, en les écoutant on bâille. Si ce fpectacle n'exiftait pas, perfonne n'y fongerait ; il exifte, on s'y rend par habitude.

Parifeau, qui fe fourre par-tout où il voit jour à attrapper quelques louis, vient de donner à ce Théâtre fa Pantomime d'*Adélaïde*, fous le titre de *Sophie de Brabant*. Elle a amené du monde pendant quelques jours ; mais le public, trompé par le nouveau titre, s'eft retiré en peftant contre les *aftuces* de *Nicolet*. *Le Parafite*, qu'on donne maintenant, a été auffi vendu par *Parifeau* à *Nicolet* qui, n'ayant nulle connaiſſance en littérature , n'a pas reconnu le proverbe de *Carmontel*. On prépare maintenant *la Pantoufle* , qui dit-on , n'aura pas lieu , parce que *Nicolet* commence à s'appercevoir que mons *Pariſeau* veut s'introduire chez lui petit à petit pour finir par le duper. Il aurait pourtant , à ce qu'on dit , grand beſoin de vendre ſa vieille *Pantoufle* , pour s'acheter des ſouliers neuf.

CHAPITRE X.

Madame Nicolet.

ELLE ne joue plus , & s'eſt retirée (quoique ſes attraits le fuſſent déjà depuis long-tems) pour avoir plus de tems à contempler en liberté l'*amie* qu'elle s'eſt choiſie , & qu'elle chérit autant que *Raucourt* chériſſait *Soulke*. Cette créature , haute & fiere , oubliant qu'elle a racommodé des bas dans un tonneau , comme la *belle Margot* , ne vous rend jamais le ſalut que vous êtes aſſez ſot de lui donner , feint par ton d'avoir l'ouie dure , a l'impudence de ſe mettre dans une loge de ſon ſpectacle , & d'y lorgner le public , aſſottée de ſa figure , & ſe croyant accomplie , ce qui lui a valu de ma part cette épigramme.

Epigramme à Madame Nicolet qui se croit accomplie.

Vous prétendez sans doute, aimable Céliante,
Qu'on ne saurait vous voir sans vous trouver charmante;
Votre systême est faux : car moi sans m'arroger,
Comme un amas de foux, le droit de vous juger,
Ni même de vos traits faire ici l'analyse,
Pour m'éclaircir d'un fait qu'on m'avait affirmé.
J'assurerai qu'un jour, en passant par l'église,
Mon soupçon par mes yeux fut bientôt confirmé.
J'y vis autour de vous cent beautés réunis :
    Et ce que le Pasteur chante,
    Ce que le peuple répéte,
M'assura qu'en effet vous étiez accomplie.

CHAPITRE XI.

Nicolet.

Toujours sur son Théâtre pendant que ses sauteurs s'escriment, ou que le petit Diable danse sur la corde, ce qui a donné matiere à une excellente critique qu'a représentée *Audinot* cette année sous le titre de *Rapsodies*. Sifflant à tout moment sans nécessité, par la grande habitude qu'il en a, dormir dans sa loge pendant qu'on joue la Comédie, ou y amener une petite danseuse, & pour un billet de spectacle, ou un écu de six livres, voir si la nature fait chez elle d'heureux progrès , ou diftiller dans les mains blanches de cette belle le plaifir qu'elle lui fait goûter , retourner fiffler pour baiffer une toile, éteindre lui-même fes lumieres , balayer fon Théâtre, mettre beaucoup d'amendes fans raifon , être fans ceffe de fon Théâtre , fur le Boulevard , & du Boulevard fur fon Théâtre , prendre journellement de fortes prifes de Tabac , *ecce homo.*

CHAPITRE XII.

Des Actrices en particulier.

Mademoifelle Foreft.

LE phyfique d'une Vénus, charmante dans tous les rôles de Payfannes , d'Agnès, de petites Maîtreffes; mais dans les grands rôles de pieces & de Pantomimes, pas affez de nobleffe , trop de roideur dans fes geftes. Il eft fi aifé d'arrondir fes bras quand on les a beaux. Dans *Jeannette* inimitable. Voici ce qu'on lit à ce fujet dans le tome XV des *Mémoires fecrets,* page 228. ,, Tous les fpectacles ont fucceffive-,, ment leur moment de fplendeur. C'eft au-,, jourd'hui celui de *Nicolet* qui attire la fou-,, le aux Boulevards. Une actrice nommée *la*

„ *Forest*, la plus jolie créature qui foit poffi-
„ ble de voir, rentrée depuis peu à ce Théâ-
„ tre, en fait les plus beaux jours, & excite
„ la verve des Poëtes. M. *Robineau*, infatiga-
„ ble auteur de pieces Foraines, en a com-
„ pofé une pour Mademoifelle *la Foreft*, inti-
„ tulée : *Jannette, ou les battus ne paient pas
„ toujours l'amende*, l'inverfe de celle des *Va-
„ riétés amufantes*, & l'on trouve *Jannette
„ fupérieure à Jeannotte.*"

L'Abbé *Robineau*, dont il eft ici queftion,
lui envoya ce quatrain le lendemain de la premiere repréfentation de fa piece.

A Jeannette.

L E public indulgent fourit à mon ouvrage,
Vos talens m'ont valu ce fuccès fi flatteur ;
  C'eft à vous que j'en fais hommage,
  Je vous dois tout... hors le bonheur.

Il en fut amoureux, fou, en effet, à ce qu'on
prétend ; mais n'ayant pu rien obtenir d'elle,
on dit qu'il s'en confola en faifant courir con-
tr'elle des couplets affreux, dans lefquels le petit *Mayeur*, qui était alors le préféré, était
auffi vilipendé. Mais l'acteur s'en vengea, en
donnant à chacun de fes camarades une copie
de fes couplets. Je le tiens d'un nommé *Ribié*,
grand ami du petit *Mayeur*.

Couplets nouveaux.

Air : *A mon cœur dans ce féjour,*
Tout peint l'amour, tout n'eft qu'amour.

LA fleur de notre Village,
Annette à l'âge
De dix-huit ans.
Brille de mille agrémens ;
Chaque Berger lui rend hommage ;
Mais pour lui plaire, en un mot,
Il ne faut pas être manchot (1).

Chacun à cette Bergere,
D'un cœur fincere
Veut faire don ;
Mais, hélas ! le fage Damon (2)
A feul le fecret de lui plaire ;
Et pour lui plaire, en un mot,
Il ne faut pas être manchot.

Un Abbé plein d'arrogance,
De fuffifance,
Voulut un jour
L'ennuyer de fon amour.
Elle l'exclut de fa préfence.

Car pour lui plaire, en un mot,
Il ne faut pas être manchot.

----

(1) L'Abbé *Robineau* n'a qu'un moignon au bras droit.
(1) *La Rouffe*, fon entreteneur, dont on parlera dans l'inftant.

Quand il voit qu'on le détefte,
Il jure, il pefte
Dans mille écrits (1);
Mais un fouverain mépris,
Eft pour lui tout ce qui nous refte;
Car pour nous plaire, en un mot,
Il ne faut pas être manchot.

On m'a affuré que l'Abbé, outré contre le bateleur, avait porté plainte au Lieutenant de police. C'eft une plaifainte chofe que l'intérieur de tous ces tripots-là.

Un certain *la Rouffe* que nous avons nommé déjà ci-deffus, fruitier retiré avec quinze à feize mille livres de rentes, eft, dit-on, celui qui eut les premieres faveurs de la belle *la Foreft*. On affure que ce plaifant perfonnage veut fe donner des airs qui, loin de cacher fa baffe origine, ne fervent qu'à la rappeller fans ceffe ; ce qui a donné lieu à le qualifier du titre du *Marquis des Poirées*.

Bertin, Miniftre des parties cafuelles, étant venu fur les brifées du *Marquis des Poirées*, il était jufte qu'il eût la préférence. Il logea fuperbement fa nouvelle maîtreffe dans la rue Popincourt au Pont-aux-Choux, & lui donna pour foixante mille francs de meubles. Elle

______

(1) Allufion à fes couplets.

resta un an avec ce vieux débauché qui, dit-on, prenait tout son plaisir, à carresser sa jolie coquille avec la partie la plus *élastique* de la bouche Soit brouille ou refroidissement, au bout de l'année *la Forest* rentra chez *Nicolet*, & repassa dans les bras de son ami le *Marquis de Légumes*, qui en est fou, & avec lequel elle vit fort décemment.

CHAPITRE XIII.

Mademoiselle la France.

MADEMOISELLE *la France*, fille d'un nommé *la France*, jouant les rôles d'Arlequin à ce Théâtre, grand, séche, noir, barbue, la denture puante, marchant comme une oie, voilà son physique ; mielleuse dans son parler, l'air froid en apparence, mais très-amoureuse dans le fond, voilà son moral. Elle s'appliqua sur l'estomac quelques-uns des Comédiens & des danseurs qui lui plurent le plus, & finit par le maniéré *Talon* ; ce qui fit dire plaisamment *que la France se donnait du Talon dans le cul.* La plaisanterie eut son effet ; car au bout de neuf mois *la France* accoucha d'un petit marmot dont le petit *bancal de Talon* était le Pere. Cet enfant a maintenant cinq ans & demi, se porte à merveille , & a pour nom *Saint-Arnoul*; il fallait bien lui trouver un nom. Le petit *Talon* s'étant dégoûté de la *degoûtante la France* , jetta ses filets d'un autre côté, & Mademoiselle *la France* bannit le chagrin qu'elle eut de quitter ce perfide , en se faisant faire un autre enfant dont elle va bientôt accoucher. Sera-t-il fille ou garçon? quel nom portera-t-il ? C'est ce que nous dirons dans la seconde partie de cet ouvrage.

CHAPITRE XIV.

Mademoiselle Rosalie.

CETTE pietre bamboche , de trois pieds & demi de haut, a commencé par jouer la Comédie en Bourgeoisie. Elle remplissait les rôles de soubrette avec assez d'intelligence. *Cagnette*, grippesou à la ville, en devint amoureux, & vécut avec elle. Vous sentez bien qu'il ne fut pas seul possesseur de ses charmes; mais j'ai oublié les noms de ceux des acteurs Bourgeois qui en firent porter au gros *Cugnette*. On sait particuliérement qu'elle eut *Morisaut* directeur du Théâtre sur lequel elle jouait. Mais on n'en parle point, parce qu'elle ne se prêtait aux desirs de ce dernier que par pure commisération.

tion. Quelques amis lui confeillerent d'entrer au fpectacle de *Nicolet*. Elle s'engagea chez ce Bateleur, confervant toujours fon ami le grippe-fou, mais lui affociait l'*élégant Hochereau*, Officier de la garde de Paris, enfuite *le Lievre*, acteur de Nicolet, enfuite l'Abbé *Robineau*, enfuite *la Rouffe*, ce Marquis des Poirées en queftion, qui la laiffa pour *la Foreft*; mais celui-ci, c'était tout différent, il payait; enfuite de *Lor*, acteur de Nicolet, enfuite *Mayeur*, enfuite &c. &c. &c. &c. &c. & combien d'autres, &c.

Avec autant de fatigue, il n'eft pas étonnant qu'une femme voie en peu de tems les rofes & les lys de fon vifage fe flétrir, auffi fe flétrirent-ils; mais ils ne l'étaient pas encore tout-à-fait, quand un nigaud de *Bougier*, homme de bureau, & pilier des grands danfeurs du Roi, fe prit de belle paffion pour elle, & fit la folie de l'époufer; elle eut de lui plufieurs enfans, dont il ne refte que deux. D'autres difent qu'il avait pris *la vache & le veau*. Moi qui n'aime point médire, je dis qu'il n'a pas pris grand' chofe. Elle eft maintenant d'une laideur affreufe, le teint morne & livide, les yeux hagards, les joues creufes; elle n'eft un peu fupportable que fur les planches, où elle a foin de ne point fe montrer fans beaucoup de

F

blanc & de rouge, avec l'attention de toujours affecter de rire pour remplir le vuide de ses joues.

Eh bien, avec tout cela elle a trouvé encore un assez jeune Marquis, qui a bien voulu prendre la peine de faire son mari *cocu*, & lui donne de tems en tems quelques louis, avec quoi elle achette les chiffons dont elle a besoin, & que son mari lui refuse par le peu d'argent qui lui reste, vu les cadeaux qu'il est obligé de faire à une certaine *Fanfan*, concubine dont il s'est nouvellement épris. Cette *Messaline* vient de lui donner de quoi se ressouvenir d'elle pendant six semaines ; ce qui, sans le savoir, il a transmis à sa femme, & que sa femme a par contre-coup donné à son Marquis. *O tempora ! ô mores !*

CHAPITRE XV.

Des Demoiselles Langlois, Fournier, Seurette, Bellingant, Alphonsine, &c. &c. &c.

LA *premiere*, premiere danseuse, est une petite tribade qui en conte & s'amuse avec toutes les autres danseuses. Son maintien est décent, mais sa conduite très-libertine. Elle fut dépucelée par un certain *Chevalier* qui, parce qu'il porte ce nom, s'en donne la qualité. C'eſt un grand eſcogriſſe, qui vit d'eſcroqueries ſur le pavé de Paris ; & il s'en excuſe en diſant qu'il a bien des confreres pour revenir à *Langlois*. Depuis quelques jours, elle ſemble partager ſes plaiſirs entre les deux ſexes. *Léger*, ſon danſeur, a remplacé le grand *Chevalier*. Cependant regardez-les enſemble, vous lui verrez toujours la vue baiſſée ; mais c'eſt qu'elle eſt attachée ſur le bouton de culotte du ſieur *Léger*.

La *ſeconde* ſort, comme je l'ai déjà dit, de chez Audinot, ſert aux plaiſirs du gros dindon de Nicolet, & s'en dédommage avec le *beau Dupuis*, ſauteur, qui a plutôt l'air d'un fort de la halle que d'un danſeur.

La *troiſieme* eſt ſœur de *la France* : elle était folle à lier *du petit Diable*. Il vient de partir en Angleterre. Celui qui ſe préſentera ſera bien venu ; car il lui en faut, à quelques prix que ce ſoit. *Deſir de fille eſt un feu qui dévore*.

La *quatrieme* eſt une danſeuſe qui, avant d'être chez Nicolet, était aux Variétés ; elle vivait avec un coupe-jarret & un croc qui lui fit un enfant. *Volange*, le ſot *Volange* (car il faut l'être pour s'être conduit comme il l'a fait), a deſiré de voir ſi elle danſait auſſi-bien au lit qu'au Théâtre. Après lui ce fut un coëffeur qui s'endetta pour cette belle, & fût contraint de la laiſſer là, s'appercevant, mais trop tard, qu'il était ſa dupe. Après lui, l'avantageux *Ribier* qui, à ſon tour, lui mangea le peu qu'elle avait, lui donna du mal, la battit, la quitta, & en eſt toujours aimé. Elle vient de ſe faire donner quelques meubles par un ſieur *le Boſſu*, cadet; commis d'un architecte, qui, dit-on, finira par la maltraiter. Voilà une fille bien heureuſe.

La *cinquieme*, c'eſt une petite coquine de la plus jolie figure du monde, donnant de l'amour à qui en veut en prendre, & n'en prenant pour perſonne. Elle commença par appartenir à un ſieur *Neveux*, acteur d'Audinot; elle n'avait alors que douze ans; elle en a maintenant quinze. Enſuite elle coucha avec un libertin nommé *Boudet*, qui l'a miſe dans le cas d'aller d'accord avec ſon cher *Neveux*, conſulter le *rob* du ſieur *Laffecteur*. *Audinot* en devint amoureux: il lui fit meubler un appartement dans le fauxbourg du Temple; mais le petit *fat* de *Mayeur*, toujours à l'affût du nouveau gibier qui ſe préſentait dans ſes terres, eut envie d'elle, lui dit, en fit ce qu'il voulait; & *Audinot*, inſtruit de la conduite de ſa *Vénus*, la chaſſa de ſon appartement & de ſon Théâtre. *Nicolet* fut ſon refuge; elle était jolie ; il la reçut à bras ouverts , coucha avec elle environ quinze jours , & la laiſſa paſſer au *Chevalier de Séguer* , qui l'entretient aſſez bien. Elle fut brouillée quelques jours avec lui , par la raiſon que pendant un voyage qu'il fut forcé de faire ; elle lui en fit porter par un Américain , dont elle eſt maintenant groſſe. Mais quel pouvoir les femmes n'ont-elles pas ſur nous ! Elle parvint à perſuader *Séguer* qu'elle lui avait été fidele , que l'enfant eſt de lui , & il continue de lui faire du bien.

Toutes les autres ſont en attendant de bonnes fortunes , ou ſont ce que leur âge peut leur permettre. Celles ſur-tout qui ont de jolies mains , ont ſoin de les faire remarquer aux amateurs.

CHAPITRE XVI.

Des Acteurs.

Talon.

Ce petit bonhomme eſt d'une impudence extrême , & a l'air de chercher chaque jour à l'augmenter. Il ferait beaucoup mieux d'employer ſon tems à s'appliquer à corrriger ſon jeu *roide* & *maniéré*. C'eſt ſur-tout dans les

momens où il veut copier *Molé* qu'il eft déteſta-
ble *Mayeur* , dans fa préface de fon *Elève de la
nature* , fait un éloge de *Talon* , qui , je crois ,
n'eſt qu'une ironie adroite. Cependant il lui
reproche auſſi de faire le petit *Molé*. En parlant
de *Molé* , voilà fon camarade qui vient de faire
une belle équipée : comment ce laid b . . . s'eſt ,
dit-on , laiſſé prendre en flagrant-délit avec un
jeune homme aux Tuileres. Il eſt malheureux
qu'un garçon d'autant de mérite ait cet abo-
minable défaut. Contraint de s'expatrier , il eſt
paſſé en Suéde , où il fut très-bien accueilli du
Roi , qui lui fait une penſion de vingt mille
livres pour être fon lecteur , & l'un des premiers Comédiens de fa troupe. Si c'eſt ainſi
qu'on punit le vice , on le verra bientôt fe pro-
pager à l'infini.

Mademoiſelie *Arnoul* , fertile en bons mots ,
vient d'en faire un à propos de ce fodomiſte
hiſtrion , qui eſt fort plaiſant. On s'entretenait
de lui & de fa fuite , lorſqu'elle ajouta : *Meſſieurs , je ne ſuis point du tout ſurpriſe de ſon
départ; voilà tant d'incendies , le pauvre garçon à
craint la rôtie.* Une femme de condition , chez
laquelle je dînais cette femaine , voulant fe
faire entendre fur l'éloignement de *Monvel* ,
dit à quelques perſonnes qui lui demandaient
pourquoi ce Comedien avait fui , répondit ,

c'eſt qu'on l'accuſe d'avoir volé une paire de manchettes , & qu'il eſt très-ſujet à cette eſpece de friponnerie. En effet, il y a déja pluſieurs années que *Monvel* jouiſſant de cette brillante réputation ; il oſait même applaudir tout haut à ceux qui montraient le même ridicule dans leurs goûts. Voici un épître qu'il adreſſa l'année précédente à *Raucour*.

Epitre à une jolie Lesbienne.

OUI, la plus belle des *Didons*,
Chaſte un peu moins que Pénélope ,
Dans ce pays d'illuſions
Il n'eſt rien que nous ne faſſions
Pour fuir l'ennui qui nous galope !
Plumes en l'air, nez en avant,
On court grimpé ſur la chimere,
Vers le plaiſir qui ſuit d'autant,
Toujours ſéduit , toujours enfant.
On aime , on plait à ſa maniere,
L'un atteint l'amour pardevant,
L'autre l'attrape par derriere (1).
Le caprice eſt ce qui nous meut,
Le diable emporte les ſcrupules,
Tout le monde a des ridicules,
Mais n'a pas des vices qui veut.
Du tiens ne vas pas te défaire ,
Dans la Grece on en faiſant cas ;

____

(1) Et *Monvel* étoit de ceux-là.

Et fur le vice on fait, ma chere,
Que les Grecs étaient délicats.
Dans Rome, encore ville exemplaire,
Meffaline, *Aflée* ou *Glycere*,
Ne t'auraient pas cédé le pas.
Jour de débauche & de lumiere,
Beaux jours de la corruption,
Les petits foupers de *Néron*
Auraient bien été ton affaire.
Là, point de cenfeur infolent,
Là, cent beautés plus que mondaines,
Au corps fouple, à l'œil pétulant,
Auraient imité ton talent,
Sans t'égaler dans tes fredaines.
Saint *Jérôme* cite fouvent
Le tempérament des *Romains*,
Quoiqu'il en foit, au gré du tien,
Eduque nos Parifiennes;
Il eft des excès qu'en tout bien
Il faudra que tu leur aprennes;
Ceignant le pourpre & le laurier,
N'obéis qu'à la fantaifie,
Gardes ton effor cavalier,
Et ton audace & ton génie,
Et cet amour peu famillier,
De ton coftume irrégulier,
Tente la bonne compagnie;
Montes le matin un courfier
D'Angleterre ou d'Andaloufie,
Aime le foir *Sonecke* ou *Sophie*,
Le lendemain viens larmoyer,

Tetant l'urne de *Conélie* ,
Le parterre a beau guerroyer ,
Laiffer en héros fiffler l'envie.
Tout va , tout prend , tous nous eft bon ;
Nous aimons à voir une reine ,
En pet-en-l'air , en court jupon ,
Beaucoup plus lafcive que vaine ,
Faire de myrthe une moiffon ,
Dans fes bras lier fa *Clymene*.
Et mettre fans tant de façon ,
La cocarde d'un franc-dragon ,
Sur l'oreille de *Melpomene*.
Va , dans ce fiecle du bon ton ,
Les mœurs font une fingerie ,
Et la fageffe une folie.
Nous fommes libertins à fond (1) ;
Par nous tu dois être accueillie.
L'oubli joyeux de la raifon
Et un don du ciel qu'on t'envie ,
Nargue les fots , céde à tes goûts ,
Donnes aux femmes des rendez-vous ,
Parles aux hommes philofophie ;
N'en aime aucun , trompe-les tous ,
Sois gaie , inconftante , ou jolie ,
Sur la fcene , avec énergie ,
Viens , prends le fceptre , affervis-nous ;
Tiens le thyrfe dans une orgie ,
Et tu n'auras que des jaloux.

Bien des perfonnes auront pu croire que tous

______

(1) Il favait bien fe peindre.

(70)

les conseils renfermés dans ces vers ne sont qu'une maniere adroite & délicate de sonder les plaisirs, d'épraver *de Raucour* & de *Soulke*. Mais, hélas ! qu'elles se feraient trompées, & auroient mal entrés dans les vues de l'auteur dont on connaît les amours avec *Barachin*, directeur de six Manufactures de porcelaine de Seve. Revenons à notre bateleur. *Talon* commença à jouer la Comédie chez Audinot tout petit, & avec quelqu'intelligence, il passa pour un Phénix. Que le sort de ces enfans précoces est à plaindre ! Ils finissent tous par devenir détestables (1). *Talon* n'a pas démenti cette verité. Son jeu, autrefois séduisant & naturel, est devenu pesant, maniéré & ennuyeux. Peut-être a-t-il toujours été de même; mais il était jeune : la jeunesse a bien des droits à l'indulgence. Maintenant qu'il est dans l'âge de la censure, les gentillesses qu'il avait alors ne paraissent que des niaiseries, & ses défauts que ses dix années excusaient, ne font plus à nos yeux qu'une insuffisance de talent. Qu'il se conserve à ses tréteaux tant qu'il pourra, puis-

____

(1) Le regne de ces enfans est semblable à celui de ces *insectes* dont parle *Aristote*, qui se forment sur le bord du fleuve *Hypanis*, qui tombe du côte de l'Europe dans le *Pont-Euxin*. Ces insectes ne vivent que l'espace d'un jour; celui qui meurt à deux heures après-midi, meurt bien âgé, & celui qui va jusqu'au coucher du Soleil, meurt décrépit.

qu'on daigne l'y *supporter* ; car en province il serait *insupportable*. Ce n'est pas en ricanant & en braillant qu'on joue la bonne Comédie. Je lui conseille aussi de ne pas mener une vie si débordée. Il semble que les gens attachés à ces spectacles, ne se distinguent que par-là.

CHAPITRE XVII.

Ribié.

APRÈS avoir joué des gobelets & vendu de l'ouguent, celui-ci est resté quelques années au Théâtre des Associés, dont j'ai parlé ci-dessus, & de-là a pris son vol sur les planches de *Nicolet*, où il a commencé par végéter un an, après lequel il s'est montré assez passable dans quelques rôles de charges. Il est réputé pour un croc & un libertin de tout genre ; sa mise & ses propos le dénotent assez.

CHAPITRE XVIII.

Mayeur.

ON ne peut refuser à celui-ci un peu d'esprit ; il en a montré dans quelques pieces qu'il a fait répréfenter aux Théâtres d'Audinot & de

Nicolet, chez lequel il eſt depuis un an, &
ou il paraît s'ennuyer beaucoup. Pour libertin
& mauvais ſujet, il n'eſt ſûrement pas moins
que les autres; mais au moins a-t-il l'art de
cacher ſa conduite ſous une apparence trom-
peuſe. D'ailleurs on doit toujours ſavoir gré à
un jeune homme qui paraît s'occuper à s'in-
ſtruire. J'ai vu ſon *Prix de la beauté*, qui an-
nonce ſes diſpoſitions. Son *Oiſeau de Lubin*,
n'eſt autre choſe que *le Roſſignol*, Opéra-co-
mique. Ainſi il ne faut pas être grand ſorcier
pour en faire autant. Son *Elève de la nature*,
n'eſt qu'une copie très-imparfaite du *Sauvage
apprivoiſé* du Théâtre d'Audinot qui lui a
fourni ce ſujet. Quant à ſa qualité d'acteur,
s'il a jamais fait quelque choſe de prudent &
de ſage, c'eſt d'avoir quitté l'emploi des amoureux pour ne jouer que les niais. Il eſt d'une
vérité charmante dans les dernieres. (Mais je
préférerais toujours Baretau à lui.) Et hors
les Pantomimes qu'il vendait avec aſſez d'intelligence chez Audinot, il n'eſt pas poſſible
d'être plus mauvais dans les autres rôles. Je
ne vois que *Florence* à lui oppoſer, ſi toute-
fois il eſt permis de comparer un acteur Français à un acteur forain.

Ce qui m'a toujours étonné, c'eſt de lui
voir journellement pour maîtreſſes les plus
jolies

jolies femmes. Cependant mon étonnement devrait cesser en me rappellant le conte de *Joconde* & la folie des femmes de nos jours pour les *magots* & les *singes*.

CHAPITRE XIX.

Le Lievre.

Ce mauvais acteur, qui depuis quinze ans est à ce spectacle, n'a fait chaque jour que devenir plus détestable. Une querelle élevée entre lui & son directeur le contraignit de s'abfenter de ces tréteaux pour une année, pendant laquelle il eut affez de protections pour obtenir un ordre de début pour les Italiens. Quelques-uns de fes amis lui confeillerent, pour fon honneur, de n'en point profiter ; & c'étaient de vrais amis. Il fe vit par ce moyen forcé d'entrer chez Nicolet, & fa femme aux Variétés, voyant qu'ils mouraient de faim, à faire jouer les marionnettes à Verfailles & aux foires.

Le lecteur me difpenfera de parler des autres, vu que je n'ai pas de tems à perdre. Je me contenterai de dire un mot des fieurs *Placide* & *Pol*, furnommé le *petit Diable*, les premiers qui aient pouffé fi haut l'art du danfeur

G

de corde; mais autant ces deux vagabonds font recherchés pour leur talent, autant on fui leur société. Les filles qui d'habitude composent journellement ce spectacle, leur doivent chacune une nuit : ils font avec elles ce que font les Officiers de garnison envers les femmes des Bourgeois ; tant qu'ils font dans une Ville, les beautés qui y demeurent leur appartiennent de droit. Ils font maintenant en Angleterre, où ils ont manqué de se faire lapider. *Placide*, frere de la *Billioni* des Italiens, qui à donné la v......à Mademoiselle *Lescot* & à la petite *Desbroffes*, eut la bêtise de danser fur la corde devant tous les *godems* affemblés avec un drapeau aux armes de France. Il a fallu qu'ils demandaffent pardon, comme fit le beau *Veftris* quelques mois avant pour une circonftance qu'il eft inutile de rapporter, puifque tous les Journeaux en ont fait mention, & il en a été quitte, ainfi que fon cher camarade, pour quelques coups de bâton.

Si l'on ne connaiffait pas ces gens-là pour être des danfeurs de corde de Nicolet, on croirait être dans un bois au milieu d'affaffins lorfqu'on les rencontre fur les boulevards. Des pantalons, de longues lévites, un large manteau, chapeau rabatu, cheveux retrouffés en natte, & un gros bâton noueux à la main, voilà la mife de ces Meffieurs ; infulter tout le monde, faire tort à ceux à qui ils doivent, bacchanaler chez tous les marchands de vin du rempart, s'y faouler avec des gredins, voilà leur conduite.

CHAPITRE XX.

Café de Crêté.

CE Café fitué à côté de Nicolet, eft le rendez-vous des feuls acteurs & actrices de ce Théâtre, par la raifon que les honnêtes gens voyant ceux qui le compofent, rougiraient de s'y attabler. Le comptoir de cette boutique eft tenu par madame *Crêté*, & fa grande fille qui ne céderait pas volontiers cette place par le plaifir qu'elle trouve à écouter les fadeurs de ceux qui vont lui payer leur dépenfe ; elle s'eft même montrée afiez facile à foulager de certains adorateurs qui lui juraient de mourir d'amour pour elle, à ce que dit la chronique fcandaleufe. Mais eft-ce un crime que d'avoir une ame fenfible ?

Sa Mere eft une bonne fotte de femme qui voit tout fans s'appercevoir de rien, parce que les foupirans de fa fille vuident toujours de tems en tems quelques bouteilles de biere.

Deux autres filles cadettes attendent l'âge de
leur sœur pour faire comme elle. Le mari se
ruine chez l'Ambassadeur de Venise, & Mademoiselle *Crêté* console son Pere en lui disant
que si la maison tari d'argent elle l'augmen-
tera en progéniture.

CHAPITRE XXI.

Café de l'Ambigu-comique.

CHAQUE spectcle a son café; celui-ci est
tenu par un sieur *Fortin*, ci-devant rue Saint-
Honoré, & associé d'une certaine Demoiselle
Antoine, l'être le plus sot & le plus à prétention qui soit sous le ciel. Pendant que je suis
à ce chapitre, le lecteur ne sera peut-être pas
fâché de connaître quelques détails sur la vie
privée du directeur de l'ambigu. J'avais donné, il y a quelques années, sa confession; mais
la police m'en ayant réprimandé, je trouve ici
le moyen de me venger. Et pourquoi la vin-
dication nous ferait-elle étrangere, à nous sim-
ples mortels? On dit qu'il faut toujours copier plus haut que soi, &

La vengeance est le plaisir des dieux.

CHAPITRE XXII.

D'Audinot.

Audinot, né en Lorraine de parens pauvres, gardait les vâches de ses voisins pour se faire un petit revenu avec lequel il subsistait, ainsi que ses parens qui cultivaient quelque peu de terre. Mais las de faire un tel métier; & ayant entendu dire aux vieilles du voisinage qu'on ne faisait jamais fortune dans son pays, proverbe qui s'effectua pour lui par la suite, il partit un beau matin de Lorraine, des sabots au pieds, une paire de souliers dans la poche d'une grande veste de bure, la tête câchée sous un épais bonnet de laine, un mauvais chapeau pardessus, à la main une gaule qui, appuyée sur son épaule, soutenait un paquet de quelques chemises de toile grise. Il avait alors ce teint frais & vermeille qu'ont nos villageois; gras, bien portant, un peu hâlé, à la vérité, mais malgré cela d'une figure assez revenante. Quelle différence! Aujourd'hui maigre, décharné, le teint plombé, les joues enfoncées, un regard hypocrite, un corps qui ne respire, que par le souffle de l'envie, enfin une exiſtence ſi éphémere, qu'on croit, en le fixant, voir un ſpectre animé; avec cela un mouchoir toujours à la bouche pour cacher une levre livide qui diſtille le mercure, fruit d'une débauche infâme.

Voici les vers que je fis pour mettre au bas de ſon portrait reſſemblant :

> Homme d'humeur acariâtre,
> Ton teint de couleur olivâtre,
> Et bien le teint de Lucifer.
> Inſigne démon de la ſorte,
> Peut tenir tête à la cohorte,
> De tous ces hiſtrions d'enfer.

Lorſqu'il fut arrivé à Paris, ſon premier ſoin fut d'aller trouver un de ſes freres qui tenait une boutique de perruquier au Fauxbourg Saint Honoré. Ce frere, bon & humain (il en fut bien récompenſé), le reçut à bras ouverts, le logea, & lui fit apprendre ſon métier. *Audinot*, qui alors ne cherchait qu'à bien faire, ſe donna tout entier à ſon art, & au bout de quelques mois il parvint à ſavoir faire une boucle aſſez proprement. On lui apprit de plus à mettre des papillotes, à raſer, & en moins d'un an *Audinot* ſe vit en état de friſer & barbifier tous les porteurs-d'eau du quartier. Glorieux de ſon avancement, il haſarda de coëffer quelques médiocres pratiques qui venaient à la boutique de fon frere. Son premier eſſai ſe fit ſur un garçon de Théâtre de l'*Opéra comique*. Il le coupa par fois en le raſant ; mais devenu plus au fait, il parvint à le contenter ſi bien, que ce valet de Théâtre enchanté lui promit de lui rendre ſervice dans l'occaſion. Depuis ce moment ils furent les meilleurs amis du monde. *Audinot*, qui en gardant ſes vaches s'amuſait à chantroller à tort & à travers pour tuer le tems, s'eſcrimait un jour dans ſa ſoupente, quand le valet de Théâtre vint ſe faire donner un coup de peigne par ſon cher ami *Audinot*, & lui apprendre qu'il avait parlé à un acteur de leur Théâtre, qui venait de renvoyer ſon perruquier, pour lui faire avoir ſa pratique. En effet, le ſurlendemain il vint le chercher pour le préſenter à l'acteur en queſtion. *Audinot* parut devant lui courbé, le chapeau à la main. Notre acteur, *manant* à ſon ordinaire, ne daigne pas ſeulement jetter un regard ſur le nouveau *frater* ; il lui fait paſſer ſon peignoir, & lui dit fort bruſquement (comme fait *Audinot* aujourd'hui, *allons*, *coëffe-moi*. *Audinot* ayant pris ſon peigne, ſe mit en devoir ; mais encore gauche pour une pareille tête, il manqua de ne pouvoir achever ſon accommodage. Intimidé par les *ô le ſot ! le mal-adroit !* dont le gratifiait notre acteur à chaque coup de peigne qu'il lui donnait, à la fin parvenu à le finir de fon mieux, mais très-mal, il demanda avec tant d'inftances la permiffion de revenir, que l'acteur le lui permit, en lui recommandant fur-tout de fe défaire de fa mal-adreffe. *Audinot* fatisfait ne fait qu'un faut de cette maifon dans la boutique de fon frere, à qui il conte fa bonne fortune. Un matin, qu'en attendant le lever du comédien il s'amufait dans fon antichambre à chanter un air lorrain, l'acteur l'entend, le fait entrer, & tandis qu'il l'accomode lui demande s'il ferait content de cultiver fa voix. *Audinot* répond qu'oui, mais que fes moyens ne le lui permettent pas. L'acteur fatisfait de fa réponfe, en fait la dépenfe, & bientôt *Audinot* fe trouva en état de remplir un rôle. On le fit débuter, il fut affez mal accueilli, mais on s'accoutuma à le voir. Le feu Prince de Conti, l'ayant pris en amitié, le fit jouer dans la troupe de Verfailles, de-là à l'Ifle-Adam, à Bordeaux, & de-là aux Italiens, où il eut bien de la peine à être fouffert. Un jour qu'il jouait *le Tonnelier* (1), on le fiffla fi

______

(1) Il s'attribue cette piece ; mais je connais *Qué-tant*, l'auteur du *Maréchal*, & *Rigarde*, maître de mufique, qui s'en difent les auteurs.

fort qu’il ne put fortir du Tonneau. Le lendemain, fon frere ayant diftribué cinquante
billets de parterre à fes amis, on l’applaudit,
& petit à petit, affectant à la Scene un air
foumis & refpectueux, on le fouffrit. Il parvint même à fe faire beaucoup aimer dans les
rôles de *Savetiers*. C’eft dans ce tems qu’il
fit connaiffance avec cette femme *la Prairie*,
qui, quoique mariée, accorda fes faveurs à
Audinot. Il eut d’elle deux filles, dont l’une
entretenüe par le Prince Soubife, & l’autre à
l’Opéra. La premiere de ces filles fut baptifée
fous le nom de *la Prairie*, pere abfent. Il
faut remarquer que cette femme ne vivait
plus avec fon mari qui l’avait abandonné à fa
mauvaife conduite. Pour la feconde, on la
baptifa en préfence d’*Audinot* qui lui donna
fon nom, fe difant l’époux de *la Prairie*,
ce qui lui fufcita le Procès qu’il vient d’a-
voir, & où il a fuccombé. Voici une copie
de l’arrêt qui le condamne, & qui, pour
foixante mille livres, ne fût affiché que dans
la cour du Palais.

SENTENCE RENDUE EN LA CHAMBRE DU CONSEIL DU CHATELET.

Extrait des Regiſtres du greffe du Châtelet de Paris, du 19 Janvier 1776.

Le Procureur du Roi demandeur & accuſateur. Nicolas-Médard Audinot, maître de ſpectacle de l'Ambigu-comique aux Bouleyards du Temple.

Et Françoiſe Cailloux, veuve de Richard Calame, dit la Prairie, Architecte à Nancy, défendeurs & accuſés.

„ Nous par délibération du Conſeil, oui
„ ſur ce le Procureur du Roi, déclarons leſ-
„ dits Nicolas-Médard Audinot, & Françoiſe
„ Cailloux, veuve Calame dit la Prairie, due-
„ ment atteints & convaincus ; ſavoir, ledit Ni-
„ colas-Médard Audinot d'avoir pris fauſſement
„ & notoirement tant du vivant du ſieur Ca-
„ lame, mari de ladite Françoiſe Cailloux, que
„ depuis ſon décès, la qualité d'époux de la-
„ dite Françoiſe Cailloux, déſignés dans au-
„ cuns actes mentionnés au Procès, tantôt
„ ſous ſes véritables noms de Françoiſe Cail-
„ loux, tantôt ſous les noms ſuppoſés de Fran-
„ çoiſe Dubois, & d'avoir fait paſſer publi-
„ quement pour ſa femme ladite Françoiſe

„ Cailloux, & ladite Françoife Cailloux d'a-
„ voir pareillement déguifé fes véritables noms
„ de fille & de femme, tant du vivant que
„ depuis le décès dudit Calame fon mari, &
„ de s'être fait paffer publiquement pour fem-
„ me dudit Nicolas-Médard Audinot, ainfi
„ qu'il eft mentionné au Procès : pour répara-
„ tion les condamnons à faire amende hono-
„ rable en la chambre du Confeil en préfence
„ des juges, & là étant à genoux, & ledit
„ Nicolas-Médard Audinot nue tête, dire &
„ déclarer chacun à haute & intelligible voix,
„ que témérairement & comme mal-avifés, ils
„ ont; favoir ledit Nicolas-Médard Audinot,
„ pris fauffement & notoirement, tant du vi-
„ vant du fieur Calame, mari de ladit Fran-
„ çoife Cailloux, que depuis fon décès, la
„ qualité d'époux de ladite Françoife Cailloux,
„ & de ce qu'il l'a fait paffer publiquement
„ pour fa femme, & ladite Françoife Cailloux,
„ veuve Calame, d'avoir pareillement déguifé
„ fes véritables noms de fille & de femme,
„ tant du vivant que depuis le décès dudit
„ Calame fon mari, & de s'être fait paffer pu-
„ bliquement pour femme dudit Nicolas-Mé-
„ dard Audinot; dont ils fe repentent & de-
„ mandent pardon à Dieu, au Roi & à la Jufti-
„ ce, les condamnons chacun à trois livres

„ d'amende envers le Roi, à prendre fur leurs
„ biens : & pour l'exécution des préfentes or-
„ donnons que lefdits Nicolas-Médard Audi-
„ not & Françoife Cailloux, veuve Calame,
„ pafferont à l'inftant les guichets de la prifon
„ du grand Châtelet, pour y être écroués à la
„ requête du procureur du Roi, par Gilles,
„ huiffier audiencier de fervice. Et en ce qui
„ concerne la requête dudit Nicolas-Médard
„ Audinot, afin de réformation des actes y
„ mentionnés, difons qu'il fera furfis actes
„ fait droit fur ladite requête, & qu'à la re-
„ quête du Procureur du Roi, les parens &
„ amis de la mineure Jofephe-Eufalie feront
„ convoqués en l'hôtel de M. le Lieutenant
„ Civil au premier jour, pour donner leur avis
„ fur le contenu en ladite requête qui leur
„ fera communiquée, pour fur le Procès-ver-
„ bal qui en fera dreffe, être ordonné ce qu'il
„ appartiendra : à la diligence du Procureur du
„ Roi imprimée & affiché dans tous les lieux
„ & carrefours accoutumés de la Ville & Faux-
„ bourgs de Paris, & par tout où befoin fera.
„ Jugé le 19 Janvier 1776, par Mre Denis
„ François Augfan d'Alleray, Chevalier, Com-
„ te de Maillis, Seigneur de Bazoches, Con-
„ dé, Saint-Libiere, & autres lieux, Seigneur
„ Patron de Vaugifan-lès-Paris, Confeiller du
„ Roi

,, Roi en ſes Conſeils, honoraire en ſa Cour
,, de Parlement, ancien Procureur-général de
,, S. M. en ſon Grand-Conſeil, Lieutenant ci-
,, vil de la Ville, Prévôté & Vicomté de Pa-
,, ris; M. Petit de la Houville, Lieutenant
,, particulier du Châtelet, & MM. Groiſier de
,, Boulieu, Rouſſelot, Bourou de Clayes,
,, Audeau, Marion, de Martartis, rapporteur,
,, Boucher d'Argis, de Caze & Saſeaud, Con-
,, ſeillers audit Châtelet.

,, Enſuite de la minute des préſentes eſt écrit
,, ce qui ſuit : & à l'inſtant nous Greffier du
,, Châtelet ſouſſignés ſommes tranſportés ès pri-
,, ſons du grand Châtelet, où étant entre les
,, deux guichets comme lieu de liberté, y avons
,, mandé & fait venir ledit Nicolas-Médard
,, Audinot, auquel avons fait lecture de la ſen-
,, tence ci-deſſus, après laquelle lecture ledit
,, Audinot nous a requis & demandé le délaï
,, de vingt-quatre heures pour ſe conſulter, &
,, a ſigné avec nous greffier ſuſdit. Ainſi ſigné
,, Audinot, & Bourgoin, greffier.

,, Au même inſtant ayant fait venir ladite
,, Françoiſe Cailloux entre leſdits deux gui-
,, chets, nous avons fait lecture de ladite ſen-
,, tence à ladite Cailloux, veuve Calame; après
,, ladite lecture, ladite Cailloux a déclaré qu'elle
,, demandait vingt-quatre heures pour pren-

H

,, dre un parti, & a signé avec nous greffier
,, susdit. Ainsi signé sur la minute Cailloux &
,, Bourgoin.

,, Et le Samedi 20 Janvier, dix heures du
,, matin, nous greffier susdit sommes transpor-
,, tées esdites prison du grand Châtelet, & étant
,, entre les deux guichets comme lieu de li-
,, berté, y avons fait venir ledit Audinot, le-
,, quel a déclaré qu'il acquiesçait à la sentence,
,, & a signé avec nous greffier soussigné. Ainsi
,, signé Audinot & Bourgoin.

,, Au même instant nous avons fait venir
,, entre lesdits deux guichers ladite Cailloux,
,, laquelle nous a déclaré qu'elle acquiesçait à
,, ladite sentence, & a signé avec nous greffier.
,, Ainsi signé sur la minute Cailloux & Bourgoin.

,, Et ledit jour 20 Janvier, onze heures du
,, matin, lesdits Nicolas-Médard Audinot &
,, Françoise Cailloux, veuve Calame dit la Prai-
,, rie, ayant été mandés desdites prisons, & fait
,, entrer en la chambre du Conseil, étant à
,, genoux, ledit Audinot nue tête, lesdits Au-
,, dinot & Françoise Cailloux ont fait l'amende
,, honorable en présence des juges ordonnés par
,, la Sentence ci-dessus, & se sont retirés ; dont
,, & dequoi nous greffier du Châtelet soussigné
,, avons fait & dressé ce présent Procès-verbal,
,, pour servir & valoir ce que de raison, &

„ avons figné. Ainfi figné Bourgoin fur la mi-
„ nute des préfentes.

„ *Signé*, MOREAU, greffier. "

Quoique *Audinot* vécut avec cette femme ,
cela ne l'empêchait pas d'en fréquenter d'autres ,
tant fon cœur était enclin à la débauche. Au
bout de quelques années paffées aux Italiens ,
fe voyant utile, il en profita pour exiger de
l'augmentation ; car il n'était qu'à penfion. Les
comédiens tinrent un comité , dans lequel ayant
agité la demande d'*Audinot* , elle fut unanime-
ment rejettée. Voyant cela , il prit le parti de
fe retirer, & avec quelqu'argent, & ce que le
Prince de Conti lui avança, de concert avec
un nommé *Arnould* , qui jadis était menuifier ,
homme fin & rufé dont il avait fait la con-
noiffance à l'Ifle-Adam , il monta une troupe
de Comédiens de bois , fous la protection du
prince de Conti (1). Chacun d'eux repréfen-
tait un acteur des Italiens. *Arnould* lui rabota
par-ci par-là quelques phrafes dont il forma
une petite piece qu'on fit apprendre à des hommes qui parlaient pour ces Comédiens. Dans
ce tems était la foire Saint-Germain. *Gaudon* ,

---

(1) On dit que ce Seigneur lui étoit très-attaché ,
parce qu'il lui avait procuré & lui procurait encore les
plus jolies femmes qu'il connaiffait.

jadis fameux Arlequin, y tenait u ne Salle de marionettes. *Audinot* obtint d'en faire bâtir une au-deſſus de celle de *Gaudon*, & y fit jouer ſes acteurs. Ayant retrouvé un nommé *Moreau*, muſicien aux Italiens, qui avait un fils, petit enfant âgé de quinze ans, de la hauteur de dix-huit pouces au plus, il engagea *Moreau* à lui donner ſon fils pour le faire jouer avec polichinel. Le Pere y conſentit volontiers, & le petit *Moreau*, qui ayant été à portée de voir ſouvent le charmant *Carlin*, en avait retenu la maniere de jouer & quelques geſtes, s'acquitta de ce perſonnage aux ſouhaits de tous les ſpectateurs. *Audinot* joignit à ce petit bonhomme ſa fille, & deux autres, nommées *Colombe*, dont l'aînée maintenant au Théâtre de la rue Mont-Conſeil, ſe diſtingue par ſon libertinage. Ce petit ſpectacle fit venir le monde en affluence; ce qui mit le directeur en état, à la fin de cette foire, de faire conſtruire une Salle ſur le Boulevard du Temple, ou, raſſemblant pluſieurs enfans, il donne des Pantomimes & des ballets dont le ſieur *Ferrere* était le compoſiteur. On diſtribuait des annonces à tous les paſſans, ce qui attirait nombre de curieux : il ouvrit ſa nouvelle Salle par une Pantomime intitulée : *Acis & Galathée*, précédée d'une piece de Comédiens de bois, appellée *le Retour de Polichinel de l'autre monde*. Il avait si bien trouvé le moyen avec ses acteurs de bois de ridiculiser ceux des Italiens, que son Spectacle ne désemplissait pas. *Arnould* lui fabrica encore quelques pieces, le nombre des enfans se multiplia, & il parvint à ne plus avoir que des acteurs naturels; mais qui étaient la plupart plus bamboches que ceux de bois. Ceux qui lui attirerent le plus de monde, étaient la petite *Henriette*, *Talon* l'ainé, *Bordier*, & le petit *Moreau Duparc*; aujourd'hui fille entretenue, dansait & faisait des accessoires; *Fanfan*, *Cléophile*, *Tonton*, *Durand*, *Chelard*, *Rousseau*, *&c.* tous ces enfans employés à propos ne laissaient pas que d'amuser. En 1772, il fit rebâtir sa Salle, & y joignit un corridor qui donnait de la rue basse dans une loge grillée, où le feu Prince de Conti se rendait sans être apperçu. Dès qu'*Audinot* était averti que le Prince venait d'arriver, il prenait la plus jolie de ses actrices, & la menait à Monseigneur qu'il laissait tête-à-tête avec elle.

Plusieurs de ces complaisances lui valurent de quoi remonter *sa belle au bois dormant*. Dans ce tems, une petite fille nommée *Manonquarré*, qui venait d'entrer chez *Nicolet*, parce qu'elle était trop grande pour rester à

ſon Théâtre, lui amenait de tems en tems
Jeannette, joli minois, appartenant à des parens dans la derniere des miferes. Sa mere blan-
chiſſait des bas, elle les racommodait, & ſon Pere
était Commis à une barriere. La petite *Manon*
leur avait fait avoir la pratique d'*Audinot*, &
comme *Jeannette* était un morceau friand pour
lui, il l'engageait toujours à lui rapporter elle-mê-
me l'ouvrage qu'il lui donnoit à faire ; il la re-
tenait même quelquefois à dîner avec ſa con-
ductricce. Mais allons au fait. Devenu amoureux
d'elle, il réfolut d'en jouir à quelque prix que
ce fût. Pour cet effet, il mit en ufage argent,
prieres, proteſtations, & reuſſit. *Audinot*, enchanté de ce pucelage, fut bientôt troublé dans ſa
joie. La petite fille avait tout dit à ſes parens ;
ils vinrent l'accufer d'avoir abufé de l'innocence
de leur fille. Craignant que cette affaire eût de
mauvaifes fuites, il les raſſura en jurant que ſon
intention était de lui faire un fort heureux ; &
joignant les actions aux paroles, il remit à la
Mere une fomme aſſez forte pour la mettre en
état de vivre fans ſon méier de blanchiſſeufe, fit
recevoir le Pere dans la connétablie, & mit la
petite fille dans un joli apartement qu'il lui loua
au Marais, dans lequel il allait la voir tous les
jours. Un foir étant arrivé de meilleure heure
qu'à ſon ordinaire, il fut fort étonné de trou-

ver un galant tête-à-tête avec son innocente *Jeanette*. Son premier mouvement fut de crier & de s'exhaler en reproches contre sa belle: mais le nouveau Mars (*Monvillé*, c'est son nom) quittant un momant le sein de sa Vénus pour s'emparer de sa canne, en frotta rudement le dos d'*Audinot* qui descendit l'éscalier quatre à quatre, aussi confus & aussi désesperé que *Candine* lorsqu'il reçut les coups de pieds au cul du Baron de *Thunder-ten-Tronch*, pour avoir embrassé sa *Cunegonde* derrière un paravant. Remis un peu de cette cruelle catastrophe, *Audinot* alla faire de réprimandes aux parens de *Jeanette* sur un conduite aussi affreuse. Mais eux d'accord avec leur fille, appaiserent la chose, & *Audinot* plus amoureux que jamais, la prit chez lui pour éviter de pareilles scenes. Alors tout alla à merveille pendant deux ou trois mois; mais le diable qui s'en mêlait se préparait encore à désoler notre bateleur. Un certain *Dumoulin*, maquerau de profession, ayant par malheur apperçu *Jeannette* qui un jour d'été jouait au volant dans la cour d'*Audinot*, dit à *Thourin*, son concierge, *ah ! ah ! voilà une petite à qui j'ai fait gagner hier vingt-cinq louis. Thourin* n'eut rien de plus pressé que d'aller divulguer cette nouvelle à son maître, qui en fut indigné, au point qu'il voulut à l'inſtant parler à ce *Dumoulin*, qui le déſeſpéra davantage en lui affirmant la choſe, ajoutant que ce n'était pas la premiere fois qu'il lui faiſoit gagner de l'or. *Jeannette* ſubit le même ſoir la plus forte remontrance ; mais humiliée de ce qu'un magot qu'elle ne pouvant ſouffrir lui parlât de la ſorte, elle voulut le quitter ſur le champ, diſant qu'un objet ſi hideux & ſi brutal n'était pas fait pour captiver une jolie fille comme elle. Quel propos, dit *Audinot* anéanti, en s'écriant avec *Térence*, ô Jupiter ! *hanccine vilam ! hoſcine mores ! hanc dementiam !* Une petite fille, qui, il y avait à peine un an, était dans la fange d'où il l'avait tirée, parler de la ſorte à ſon bienfaiteur ! Rien ne pouvait le faire revenir de ſon étonnement ; la derniere réflexion qui lui vint, fut de l'amener dans une maiſon qu'il venait de louer à *Menil-Montant*. Il amena avec lui Madame *Durand* & ſes deux filles ; elles eſſayerent de détourner *Jeannette* de ſa réſolution ; mais ce fut avec bien de la peine qu'elles obtinrent qu'elle reſterait encore quelques jours à la campagne. *Audinot* étant monté dans ſa chambre pour la prier de faire la paix, reçut un chandelier par la tête qui lui fit reſſouvenir long-temps des carreſſes de ſa *dulcinée*. Le tout à la fin ſe calma, & *Audinot* l'épouſa. Au bout de trois ans, voyant les defirs de fon époux témoigner d'avoir un enfant, elle s'en fit faire un par le Marquis *de Perfan*. Aujourd'hui c'eft le fils de *Vernet*, peintre, qui partage les faveurs de cette belle, qui ne l'eft pas trop.

On s'eft fouvent égayé fur le compte d'*Audinot*. Voici une excellente épigramme que le fouffleur de fon Spectacle, nommé *Dervilly*, fit courir lorfque le feu prit à trente-deux boutiques de la foire S. Ovide, & épargna la loge d'*Audinot*.

> Tu dois du fort admirer l'indulgence,
> Qui de te bien fervir femble fe faire un jeu,
> Jadis il enleva ton corps à la potence,
> Et par un refte de clémence,
> Il préferve aujourd'hui ton Spectacle du feu.

Une Société Bourgeoife ayant déterminé de jouer fur le Théâtre d'Audinot, *la Partie de chaffe de Henri IV*, pour la fête de fa femme, *Audinot*, toujours rempli des appas de fa *Jeannette*, oublia de faire fervir un repas pour recevoir *Henri* chez le fermier *Michau*, & même de donner du vin. *Michel*, cuifinier de notre baladin, à qui l'on s'en plaignit, avoua que fon maître lui avait dit : *Ne font-ils pas trop heureux de jouer devant moi & fur mon Théâtre, fans leur donner encore mon fouper & mon vin ?* Le frere *Debarré*, qui jouait *Richard* dans cette piece, piqué du procédé & du propos d'*Au-dinot*, lui envoya ces couplets qui coururent.

Air : *Du haut en bas.*

Dans un tonneau
Saint Nicolas (1) fit un miracle,
Dans un tonneau,
Il tira trois enfans de l'eau ;
A ton faint tu deviens contraire ;
Car aux acteurs tu vondrais faire
Boire de l'eau.

Garde ton eau,
Pour laver le cul de Jeannette,
Garde ton eau,
Pour tâcher de blanchir fa peau :
Il en faut auffi pour ta famille.
Garde ton eau.

Voici encore des vers qui prouvent combien *Audinot* fe fait haïr de tout le monde. Ayant réfolu de vendre fon Spectacle, un fieur *Long-champs*, qui avait prefque conclu avec lui, faifait diftribuer à chaque acteur l'avis fuivant :

„ Ceux des fujets de M. *Audinot* qui vou-
„ dront s'engager avec les acquéreurs de fon
„ fpectacle, font priés de faire leur propofition

____

(1) Il s'appelle *Nicolas-Médard Audinot.*

,, au fieur *Beaubourg* (1), logé quarré Saint-Martin, maifon, &c. "

Un nommé *Radet*, Peintre, à cette heureu-fe nouvelle, compofa ces vers qu'il envoya à chaque penfionnaire d'*Audinot*.

Aux Acteurs de l'Ambigu-comique.

JEUNES élèves de Thalie,
De Terpfichore aimables favoris,
Enfans chéris de Polymnie,
Vous qui fuivant les jeux, les graces & les ris,
Dont les talens naiffans enchantent tout Paris,
Mais dont un fouffle impur empoifonne la vie,
Refpirez déformais un air falubre & doux;
Qu'au plaifir votre ame fe livre,
Le ciel a vu vos pleurs, il prend pitié de vous;
Du perfide *Audinot* fa bonté vous délivre.
Ce monftre impérieux eft enfin aux abois;
Enfin fon front fouillé de crimes,
Rougit pour la premiere fois.
Las de perfécuter d'innocentes victimes,
Il va cacher fa rage & fa fureur.
Où fuira-t-il, & dans quels autres fombres
Croit-il enfévelir tant de honte & d'horreur?
Rochers affreux, épaiffiffez vos ombres,
Et cachez-nous cet objet de terreur.
O vous qu'il outragea, vous dont la vigilance,
L'étude, le travail ont fait fon exiftence,

____

(1) Acteur des Variétés.

Oubliez aujourd'hui ses coupables forfaits,
　　Que la pitié, qu'il ne connut jamais,
　　Soit contre lui votre unique vengeance.
Déja vous recevez le prix de la clémence,
　　Un nouveau jour brille pour vous.
　Un mortel éclairé, *Longchamps*, tendre & sensible,
　　Va faire le bonheur de tous.
Il ne sera point un maître inflexible,
Injuste, rigoureux. Vous trouverez en lui
　　　Votre soutien & votre appui;
　　　Il n'aura point ce ton sévere,
　　　Qui loin d'enhardir le talent,
　　　L'empêche d'éclore souvent,
　　De ses leçons banissant la colere,
　　C'est comme ami qu'il vous corrigera,
　　C'est comme ami qu'il récompensera.
Bénissez à jamais ce jour deux fois prospere,
Vous perdez un tyran, vous retrouvez un pere.

Audinot rougissant de colere à la lecture de ces vers, dit avec David : *Vindicta mihi retribuam*. Mais il n'a pas tenu sa parole : car il vient de donner successivement *le Pauvre voyageur, les Petites maisons de l'amour, & les Audiences à la mode*, trois piéces de *Radet*, qui font de bien médiocres productions.

CHAPITRE XXIII.

Ambigu-comique.

CE Spectacle ferait affez agréable, fi le directeur voulait employer le goût qu'il a fans contredit, & qu'on ne peut lui contefter; mais il laiffe le foin de le conduire à cet *Arnould*, dont j'ai parlé ci-deffus, & qui, loin de le faire fructifier, voudrait en voir la chûte pour s'emparer du privilege. *Audinot* eft un prince qui paffe fix mois de l'année à la campagne, & ce n'eft pas ainfi qu'on acquiert la bienveillance du public; il ne lui offre que des drogues, des ordures, qui le font déferter de chez lui. Avec cela il laiffe aller fes meilleurs acteurs. *Mayeur* lui était très-néceffaire; il n'eft tenu, dit-on, avec lui à vingt-cinq louis, & en a pris quatre pour le remplacer. Il ne s'en eft fallu de rien qu'il ne renvoyât *Bordier*, qui fait tous les plaifirs de ce Théâtre.

Maffon, qui vient de débuter aux Italiens, a avancé ce moment. Ennuyé des mauvais procédés de ce manant, qui, à ceux qui ont la bonté de lui repréfenter qu'il faudrait *telle* chofe pour amener le public, a l'infolence de répondre

I

s'il n'eſt pas content , qu'il ne revienne pas. Quelle impudence !

Quelques perſonnes me diront peut-être que je ſuis bien acharné contre *Audinot* , que je l'avili ; je leur répondrai : mon homme ne craint point le *blâme* , *il s'eſt fait un front qui ne rougit jamais.* Et , comme diſait *Diogene* le cynique à ſes amis qui refuſaient de jetter ſon corps au milieu des champs ſans l'inhumer , en lui alléguant qu'il ferait expoſé aux oiſeaux , & aux bêtes : *mettez auprès de moi un bâton pour les chaſſer.* Eh , comment les chaſſer, ajoutaient-ils, puiſque vous ne les *ſentirez* pas? *Si je ne les ſens pas* , répart Diogene , *quel mal donc me front-ils en me dévorant?*

CHAPITRE XXIV.

De quelques aĉeurs & aĉrices de ce Speĉacle.

Fœnum habet in cornu, lunge fuge. Dummodo riſum excutiat ſibi , non hic cuiquam parcet amico.

VOILA ce que beaucoup de gens vont dire de moi après avoir lu cette brochûre. Je m'y attends bien ; mais ceux qui me connaiſſent , leur répondront avec *Horace* : N'ayez contre lui aucune haine , *ille, velut , ſedis arcana ſoda-*

libus olim credebat libris, & que *Boileau* a fi
bien rendu par ce vers :

Il confie au papier les secrets de son cœur.

Oui, tout ce que je dis ici n'est point, je vous
assure, dicté par la partialité ni la méchanceté.
César vint, vit & vainquit ; moi, *je vins, je
vis & j'écrivis.*

Il n'y a rien de remarquable en femmes à ce
Théâtre que *Julie*, *Fiatte*, *Rousseau*, & *Lolotte*, en hommes que *Bordier & Bithemer.* Je
ne dirai qu'un mot de chacun d'eux.

Julie est une charmante petite coquine, dont
il serait difficile de nombrer les amoureux & les
entreteneurs ; elle ne s'attache pas plus à l'un
qu'à l'autre ; le *nouveau* seul lui plaît : & à chaque réprimande qu'on lui fait sur cette légéreté
qui, à coup sûr, ne tourne point à son profit,
voilà son refrain :

Désormais je serai sage,
Encore celui-là.

Laissons-la donc changer d'amant comme de
robes nouvelles, & voyons *Fiatte.* Un croc,
Dumenil, chacun le connaît pour tel, lui fit un
enfant ; de son côté contracta des dettes, fut en-
fermé au Fort-l'Evêque, trouva le moyen de
s'évader de cette maison, & est maintenant re-

fugié au Temple, où *Fiatte* le soutient avec ce que lui donne *Alison* , Maître - d'Hôtel du Maréchal de Duras.

Manette Rousseau perdit son pucelage avec un bâtard du feu Marquis *de Marigni*, qui, par sa mauvaise conduite, s'étant fait enfermer, *Manette*, en son absence, prit un nommé *Magneu*, Officier des gardes Suisses, qui s'endetta pour elle au point qu'il est à son tour en lieu de sûreté, pour lui donner le loisir d'arranger ses affaires. Le petit *Marigni* vient de reparaître, rien ne l'empêchait de rentrer dans ses droits; il y rentra, mais qu'il les trouva agrandis !

La Mere de cette petite a une singuliere manie. Ne voulant point paraître avoir quelqu'un qui entretienne sa fille, ceux qui vont chez elle n'ont l'air d'y entrer qu'en qualité d'adorateurs, & recevant d'eux par - ci par - là quelques cadeaux, sans tirer à conséquence, la petite fille s'évade au jardin, l'amant la suit, la Mere ferme les yeux.... Un moment après, Madame *Rousseau* appelle *Manette* : *Que faites-vous dans le jardin, Mademoiselle ? -- Maman, je cueillais des cerises. -- A la bonne heure.* L'amant enchanté croit avoir joui de sa beauté à l'insu de sa Mere. Quel plaisir pour lui ! Ah, le nigaud ! Mais combien la Mere *Rousseau* en a fait ainsi, sans avoir l'air de consentir à rien.

Lolotte Delaire commença par figurer dans les Ballets d'*Audinot*, enfuite entra aux élèves de l'Opéra. J'ai dit comme on y payait, & il faut vivre. *Deshayes*, fon maître à danfer, l'engagea aux Français; mais à ce Théâtre l'on ne fait pas autant de connaiffances qu'aux Boulevards; elle ne s'en apperçut que trop, & revint chez *Audinot*. Ce dernier paya pour avoir fa rofe : il le crut, tant mieux pour lui. Le Comte *Edimbourg*, connu par fon procès avec le Marquis *de la Riviere*, paya auffi pour avoir fa jeune rofe, mais fi *Audinot* l'eut épanouie, jugez comme celui-ci la trouva. Elle attrapa au Théâtre Français ceux qu'elle put, je ne l'ai pas fuivie fi loin ; mais je fais que depuis qu'elle eft retournée aux tréteaux, elle couche avec fon coëffeur.

A force de marcher en arriere, nous voici arrivés à MM. *Bordier* & *Bithemer*. Le beau but ! Comment entamer cet article ? Je voudrois pouvoir dire du bien, je ne trouve qu'à dire le contraire. Et comment ferai-je autrement? Jugez-moi, lecteur. Le premier eft un libertin, un rouleur de nuit, un riboteur, qui doit à Dieu & au diable. Le fecond eft un *mignon* qui par pareffe fe laiffe entretenir par un nommé *le Prieur*, gaînier du Roi, qui fe fert de lui comme *Villette* fe fervait du beau *Danfay*, que *Voltaire* a chanté. Vous voyez bien, benin lecteur, qu'il vaut mieux tirer un rideau épais fur ces objets, que de les montrer au grand jour. N'eft-ce pas un acte de bienfaifance de ma part ?

Quant à leur talent dramatique, je ne puis parler que de *Bordier*; encore fe livre-t-il tant à la charge, que je ne défefpere pas, que ne pouvant être reçu dans aucune province, il finifle par jouer fur les tonneaux des afiociés.

Et finis coronat opus.

CHAPITRE XXV.

Des Variétés amufantes

JE voudrais bien qu'on fupprimât cette fauffe épithète, & ce titre qui ne convient point du tout à ce Théâtre, où on ne donne toujours que la même chofe. Il irait beaucoup mieux à *Nicolet*. Voilà donc le premier défaut de ce fpectacle. Le fecond c'eft qu'il eft rédigé par les trois freres *Malter : Malter* l'aîné eft un danfeur en double à l'Opéra; c'eft un begue qui ne peut dire un mot fans favoir ce qu'il dit. Le fecond eft un nommé *Hamoir*; c'eft un cabrioleur de Province, qui ferait mieux placé en voltigeant fur la corde de *Nicolet*, qu'il ne l'eft dans les déteftables ballets qu'il a la fureur de décompofer. Le troifieme, auffi appellé *Hamoir*, eft un petit bàncalle, ci-devant garçon tailleur, qui veut aujourd'hui faire la mufique des piéces que l'on donne aux Variétés, & qui, par la complaifance de fes freres, eft fouvent caufe de la chûte de ces piéces. Le *fpirituel* affocié qu'ont ces Meffieurs, eft un certain *Mercier*, qui quitta fon emploi de mefureur de charbon pour être directeur. Voilà les dignes objets qui gouvernent ce fpectacle qu'avait établi l'*Eclufe*; voilà ceux qui jugent des piéces qu'on repréfente chaque jour. Jugez, lecteur, du goût qui doit regner à ce Théâtre, comment on peut y aller. C'eft le pendant d'une mauvaife comédie Bourgeoife. Mais confolons - nous, ils doivent plus qu'ils n'ont vaillant : ainfi ils feront bientôt contraints à fermer.

CHAPITRE XXVI.

Des principaux farceurs de ces Tréteaux.

Mademoifelle le Prieur

LE Philofophe fe rend utile a fa patrie en publiant fes réflexions, le militaire expofe fa vie pour fervir fon Roi, le poëte fe fait admirer en chantant les actions mémorables de nos

héros, le Peintre en les retraçant à la Poſtérité ,
&c. &c. &c. Mademoiſelle *le Prieur*, frappée de
ces exemples, voulut auſſi être de quelque uti-
lité à ſon pays, en procurant à ces habitans le
plaiſir de l'amour; ce fut dans une maiſon élé-
gante & commode que quatre filles complaiſan-
tes, & choiſies par elle, ſe chargeaient de cette
agréable occupation, dont le bénéfice était pour
la Prieure. Mais s'étant dégoûtée de ce métier,
dans lequel elle ne faiſait preſque plus rien,
elle partit en Province, où, n'étant pas plus
heureuſe qu'à Paris, elle eſſaya de jouer la Comédie. Comme elle y fut huée, ne ſachant plus
quel parti prendre, elle apprit que l'*Ecluſe* for-
mait une troupe. Elle s'habilla avec le peu de
hardes qui lui reſtaient, & alia ſe préſenter à ce
directeur forain, qui, ayant beſoin de ſujets,
le retint, ſauf à la renvoyer ſi elle déplaiſait.
Mais comme l'*Ecluſe* était un paillard, & que *la
Prieure* ſe reſſouvenait encore de la demeure
de quelques concubines de ſa connaiſſance,
elle ſe vit bientôt ſa meilleure amie, & reſta
à ſon Théâtre. Après lui, les *Malter* voyant
que le public la voyait avec aſſez de plaiſir
dans les rôles ridicules, ils la garderent. Pendant ce tems, elle s'amouracha du fat & ſot
Labuſſiere, qui venait de débuter aux Italiens,
où il avait été ſifflé. Elle lui offrit ſont lit, &

la moitié de ſes appointemens. Comme il en avait grand beſoin , il oublia la laideur de la femme pour ne penſer qu'à ſon argent ; mais forcé de ſe ſauver un beau matin en Province, pour éviter la pourſuite de ſes créanciers , *la Prieure* fut aſſez folle pour vouloir le ſuivre, ſans s'embarraſſer du devoir qu'elle avait à remplir envers le public ; ce qui la fit ſéqueſtrer huit jours au Fort-l'Evêque. On dit que cette correction l'a rendu plus circonſpecte.

CHAPITRE XXVII.

Mademoiſelle Verneuille.

Pour vous , je vous réſerve, Eglé, d'autres plaiſirs.

Celle-ci, plus jolie que *la Prieure* , a trouvé un ſot qui lui donne beaucoup d'argent qu'elle partage avec *la Prieure* , pour qu'elle ſe prête à tous ſes deſirs. On dit que ces deux tribades ne peuvent plus ſe quitter. J'ai chez mois des lettres de *Verneuille à Prieure* , que j'avais envie de publier, ſi je n'euſſe craint d'ennuyer le lecteur. Les termes dont elle ſe ſert pour peindre ſon amour à ſon *amante* ſont curieux. Jamais *Saint-Preux* , écrivant à *Julie* , ne ſe ſervit d'expreſſions plus expreſſives & plus brûlan-

tes. Cette fille eſt d'un tempérament ſi vio-
lent, qu'au défaut de *la Prieure*, la main *De-
lebain*, ſon coëffeur, y ſupplée; & il m'a dit
qu'en reconnaiſſance cette belle lui avait permis de coucher deux fois avec elle.

CHAPITRE XXVIII.

Dorvigni.

ON le dit bâtard de Louis XV, & cela n'eſt
pas ſi étonnant à croire, quand on ſe rappelle
combien ce Monarque aimait le plaiſir. Bâtard
du Roi ou d'un crocheteur, *Dorvigni* a joué la
Comédie en Province, où il fut trouvé paſſa-
blement mauvais. De-là étant venu à Paris, il
donna quelques piéces de ſa compoſition pour
les voyages de la cour aux Italiens, aux Théâtres d'Audinot & de Nicolet, puis s'eſt mis
acteur aux Variétés, où il a fait repréſenter
les Battus paient l'amende, qui fut ſa premiere
piéce à ce Spectacle, & ſa meilleure, puiſqu'elle
a fait gagner deux cents livres aux Entrepre-
neurs. Mais cette parade qui lui fit tant d'honneur n'eſt autre choſe que quelques ſcènes vo-
lées à *Maſſon*, Peintre & bouffon de ſociété.
Son proverbe d'*On fait ce que l'on peut*, eſt
auſſi compoſé de ſcènes que *Patras*, *Maſſon* &

Duché jouent aux foupers dont ils font invi-
tés, & la plupart de fes piéces doivent leur
exiftence à de vieux bouquins qu'on ne lit plus,
& qu'en récompenfe il lit beaucoup. Sa fcène
des *Perruques* eft prife mot à mot dans les *Ré-
jouiffances de la Paix*, ancienne piece imprimée, & dont l'auteur eft mort. Sa piéce qu'il
a donné aux Italiens ayant pour titre la *Comédie à l'in-promptu*, fe trouve toute entiere dans
le *Pédant joué*, farce de *Cirano de Bergerac*,
&c. &c. &c. &c. &c. Il eft bien facile de fe faire
ainfi la réputation d'auteur; mais il eft difficile que les gens éclairés ne s'apperçoivent pas
que vous n'êtes pas fot.

CHAPITRE XXIX.

Volange.

ON a trop parlé fur ce mauvais fujet pour
que je m'en entretienne. Je dirai feulement
que ce préfomptueux hiftrion a agi comme un
imbécille en débutant au Théâtre Italien, &
que fans cette balourdife il n'aurait pas eu la
bonte de réalifer l'anecdote d'*Amoche*, ancien
acteur de l'Opera-comique, dont a parlé le
Mercure du tems de fes débuts dans les *Trois
jumeaux*; qui a fait dire au maréchal de *Ri-*

chelieu, à qui on demandait fon fentiment fur fon jeu : *Ma foi , je ne l'ai vu que changer de perruque. Volange*, à ce que l'on affure , a été fouetté & marqué. Plufieurs perfonnes le prouvent. Ce poliffon , qui fe difait libre & garçon , vient, il y a quelques jours, d'être forcé de reconnaître fa femme & deux enfans qu'il laiffait mourir de faim en Province depuis fon départ *incognito* pour Paris. Ce vagabond qui , fi la police le puniffait comme il le mérite , devrait finir fes jours dans un cachot, a eu la coquinerie , au fortir des Italiens , de faire un engagement avec *Nicolet*, pour lui efcroquer vingt-cinq louis, tandis qu'il en avait déjà contracté un avec les *Malther*.

Le public , revenu fur fon compte, ne le voit déjà plus que comme un acteur très-ordinaire , & bientôt il ne fera plus à fes yeux qu'un gredin digne de fon mépris & de la haine.

CHAPITRE

CHAPITRE XXX.

Conclufion.

VOILA qui eft aflez parlé de ces *Laïs* &
de ces *Baladins* pour une fois. Si le public s'a-
mufe de ces anecdotes, je pourrai lui en fournier encore un volume l'année qui vient, &
qui ne fera pas moins piquant que celui que
je lui offre aujourd'hui. On trouve toujours
tant à dire, quand *des fottifes d'autrui l'on*
compofe fon fiel.

Comme je finis cet ouvrage, il vient de me
tomber entre les mains une brochure fur les
Spectacles des Boulevards, par un fieur *Rouf-*
feau, qui n'a pas l'éloquence du Poëte fameux dont il porte le nom. Ce M. *Rouffeau*
foutient avec gaucherie la caufe des mœurs :
fa dialectique n'eft pas clair : il éclate, il ton-
ne contre les fpectacles forains, & dans le
cours de fa brochure il affecte de ne les pas
connaître. Il n'en parle, felon lui, que fur des
ouï-dire ; il confond même leur nom, leur
genre; il croit que les mots de vertu, de courage y font déplacés; il fe trompe en cela : fi
j'ai cenfuré les acteurs, je rendrai juftice à
certaines pieces. M. *Rouffeau* ignore donc le

fuccès qu'a eue *la Prife de Grenade* aux élèves, l'*Anti-pigmalion*. Il ajoute que ces tréteaux n'ont jamais formés de fujets pour les
grands Spectacles. Il ignore que *Grammont* a
fait fon apprentiflage chez Nicolet , *la Ruette*,
Clairval, Madame *Trial* , & d'autres , tels que
Bouret, ont commencé à jouer fur ce Théâtres forains qu'il anathématife. Les piéces qu'ils
repréfentaient alors valaient moins pour les
mœurs que celles d'aujourd'hui ; témoin , c'eft
que le cenfeur a refufé de laiffer paffer la *Rofe*
de Piron , mife en profe pour l'ufage des boulevards , quoiqu'il s'y trouve moins de polif-
fonneries qu'autrefois. Quelle inftruction le peu-
ple retirait-il de ces piéces dont tout les ca-
dres étaient les mêmes, qui ne fe foutenaient
que par des équivoques auffi fales que dégoû-
tantes? Eh bien , plufieurs de ces piéces fe
jouent encore fur un grand Théâtre. *Le Coq*
du Village, *les Nymphes de Diane*, *la Servante*
juftifiée , forment une partie du répertoire des
Italiens , tandis qu'aux boulevards le public
fouvent y eft intéreffé , touché, attendri , en
voyant le courage héroïque de *Jeanne d'Arc* ,
la vertu de *Marie Millet* , l'héroïfme & la bienfaifance de *Henri IV* , & l'innocence victo-
rieufe de *Sophie de Brabant*. On s'étonnera peut-
être de ce nouveau ton ; mais j'ai ma réponfe
toute prête.

Je loue avec plaifir , & blâme avec courage.

Voltaire a fouvent chanté la Polynodie , & moi je veux être femblable au *Machaon* du vieil Homere , qui tout à la fois Médecin & Guerrier , tuait dans une armée , & guériffait dans l'autre.

F I N.

TABLE

DES

CHAPITRES.

Fin de la Table.

www.ingramcontent.com/pod-product-compliance
Ingram Content Group UK Ltd.
Pitfield, Milton Keynes, MK11 3LW, UK
UKHW020925140726
13695UKWH00003B/973